古池に蛙は飛びこんだか

長谷川 櫂

中央公論新社

目次

古池に蛙は飛びこんだか

第一章　古池に蛙は飛びこんだか

I

　吉野山の麓に本善寺（ほんぜんじ）という浄土真宗のお寺がある。去年（平成十四年、二〇〇二年）の四月のある日、花見のついでに初めてこの寺を訪ねた。山門を入ると蓮如上人お手植えと伝えられる枝垂桜の古木が今を盛りと咲き誇っていた。

　本善寺は寺伝によれば、文明八年（一四七六年）に蓮如が開いた古刹である。その頃、京の都は十年にも及ぶ応仁の乱で焼野が原となって荒れ果て、諸国も東西両軍の抗争に巻きこまれて国中が混乱の極みにあった。

　こうした時勢のなか、蓮如は北陸を浄土真宗の一大楽土とするため越前の吉崎御坊にいたが、徐々に過激化する門徒たちを抑えきれず、文明七年（一四七五年）秋、吉崎を逃れて舟で若狭小浜にたどり着く。それ以後、蓮如は畿内での布教に乗り出し、吉野への足がかりとして築いたのがこの寺であるという。

私は会社を辞めてから毎年春に吉野山の桜を見にゆくようになった。父が亡くなってからは一人となった母を誘うことにしている。去年は母と妻と私に母の妹も加わって四人で出かけたのであるが、あいにく花盛りには十日も早すぎた。下千本の桜は七、八分開いているが、宿の桜花壇がある中千本はやっと三分、この分では上千本、奥千本はまだ枯木だろう。

「花はさかりに、月はくまなきをのみ見るものかは」とはいうものの、やはり「これはこれは」とうなるほどの吉野山の花盛りにめぐり会いたいと思うのが人情というもの。それなのに一昨年は桜の開花が異常に早く、訪ねた時には無残にも散り果てた後だったので、去年は少し日取りを早めたのがかえってあだになった。

　そこで山上の花見は早々に諦めて一日はタクシーで麓の里の桜を見て回ることにしたのである。山を降りてまず本善寺に寄ってから大淀町の世尊寺（せそんじ）まで足を延ばし、再び引き返して宮瀧（みやたき）で降ろしてもらう。そこからは歩いて象（きさ）の小道をたどり、桜木神社にお参りし、山を越えて如意輪寺(にょいりんじ)をめぐって宿に帰る。

本善寺の境内で胡粉を引いた青空から枝垂れ落ちてくる花の滝を眺めたり、写真を撮ったりしていると、案内役のタクシーの運転手が花かげにある碑(いしぶみ)のかたわらに立って手招きする。

「これが芭蕉さんの「古池や蛙飛(かわずとび)こむ水のおと」の句碑です。芭蕉さんはあの俳句をここで詠みなさったそうです」。そういわれて、母と叔母は「あら、これが」「この池があの古池ですか」と素直に驚き合っている。

句碑の前に、水が涸れているが一雨降れば水溜りになりそうな窪みが石で囲んでこしらえてある。池というにはやや小さすぎるようだが、これがあの古池だろうか。まさかとは思いつつ自然石に刻まれた流麗な文字をたどると、そこに刻まれていたのは「古池や……」どころか

飯(いい)貝(がい)や雨に泊りて田(た)螺(にし)聞(きく)

という似ても似つかぬ別の句である。二の句がつげないとはこのことだろう。

昔から本善寺のあるこの辺を飯貝というのである。芭蕉は大和の隣の伊賀の人であり、吉野山も何度か訪れているから途中、この古刹に杖を休めたことも十分考えられるが、たとえ地名とはいえ飯貝の貝を出しておいてさらに田螺を出す、こんな野暮な句を芭蕉が詠んだかどうか。吉野山から帰って全句集なるものに何冊か当たってみると、どうやら芭蕉の句との確証のない、いわゆる存疑の句のようである。

古池の句碑といいながら刻んであるのは古池の句でない。それどころか、芭蕉の句かどうかさえも怪しい。しかし、タクシーの運転手はすっかりその句を古池の句と思いこんでいるようである。

それにしても句碑の字は読めないほど崩してあるわけでもなく磨り減ってもいない。誰でも読もうとすればたやすく読みとれる字である。さては碑文を読みもしないで芭蕉の句碑なら古池の句にちがいないと信じきって疑わないのだろう。

2

古池や蛙飛こむ水のおと　　芭蕉

芭蕉の古池の句ほど広く知れわたっている句はない。この句は誕生してから三百年の間に蛙が飛びこんだ水音が広がるように広まり、今では海外にまで知られている。俳句といえば芭蕉、芭蕉といえば古池の句である。

ところが、この句はそれほど人々に親しまれながら、一方では昔から謎めいた句とも考えられてきた。その最大の原因は句の内容があまりにも単純だからである。古池に蛙が飛びこんで水の音がした。えっ、それでどうした？　というわけである。そこで、この句には何か別の深遠な意味が隠されているのではないかと深読みする人々も出てきた。

芭蕉の時代から二百年後の人である正岡子規は、そうした怪しげな深読みを一笑に付して

> 古池の句の意義は一句の表面に現れたるだけの意義にして、復（また）他に意義なる者無し。
> （「古池の句の弁」）

と喝破した。古池に蛙が飛びこんで水の音がした。ただそれだけのことであるというのである。

しかし、この「一句の表面に現れたるだけの意義」とは、子規がここで自明のこととしている「古池に蛙が飛びこんで水の音がした」ということだろうか。いいかえると、芭蕉の古池の句は本当に「古池に蛙が飛びこんだ」といっているのだろうか。

たしかに古池の句は昔から「古池に蛙が飛びこんで水の音がした」と解釈されてきた。

芭蕉の門弟土芳（とほう）はこの句について

> 水に住む蛙も、古池にとび込（こむ）水の音といひはなして、草にあれたる中より

蛙のはいる響に、俳諧を聞付たり。　（『三冊子』）

と書いている。ここには明らかに「古池にとび込水の音」とある。土芳は芭蕉の故郷伊賀上野の人であり、蕉門のお国家老ともいうべき存在だった。芭蕉がなくなると、芭蕉が説いた俳論をまとめ、この『三冊子』を書き上げた。

芭蕉と同じ時代の摂津伊丹の人、鬼貫は早くも古池の句をもじった句を詠んでいる。

から井戸へ飛そこなひし蛙よな　鬼貫

蛙が空井戸へ飛びそこなったといっているところをみると、鬼貫も暗黙の了解事項として古池の句を「古池に蛙が飛びこんだ」ととっていたようである。

近代に入ると、子規は

古池に蛙が飛びこんでキャブンと音のしたのを聞いて芭蕉がしかく詠みし

ものなり。　　　　　　　　　　　　（『俳諧大要』）

と書いている。「キャブン」とは蛙が飛びこむ水音というよりは蛙が踏みつけられたような音である。子規の郷里松山の言い方だろうか、それとも子規一流の悪ふざけか。

戦後になると、高浜虚子は「「古池」の句に就いての所感」という文章を書いた。そのなかに

芭蕉が深川の庵にあつて、聞くとなく聞いてをると、蛙が裏の古池に飛び込む音がぽつん／＼と聞えて来る。

とある。ここでも蛙は古池に飛びこんでいる。しかもわざわざ深川の庵の「裏の古池」とある。水音は「ぽつん／＼」である。

こうみてくると、古池の句は芭蕉の時代から現代までほぼ一貫して「古池に蛙が飛びこんで水の音がした」と解釈されてきたことがわかる。この点では子

規が一掃しようとしたさまざまな深読みも同じだった。「古池に蛙が飛びこんで水の音がした」という解釈があっけないほど簡単なのでもっと深遠な意味を探ろうとしたのである。

しかしながら、この句は「古池や蛙飛こむ水のおと」であって、「古池に蛙飛こむ水のおと」ではない。

ほんとうに蛙は古池に飛びこんだのだろうか。

3

古池の句を「古池に蛙が飛びこんで水の音がした」とするこの解釈は今さら通説などというまでもなく、これまで疑う余地のないこととされてきた。ところが、そう解釈するとおかしな問題がいくつか出てくる。

第一に、誰もが考えているようにこの句が「古池に蛙が飛びこんで水の音がした」という意味であるとすれば、「水のおと」の「水」は古池の水である。とすると、芭蕉はここで「古池や」といい「水のおと」といって同じ古池の水を二度出したことになる。十七音しかない俳句で同じことを繰り返すのは言葉の無駄である。

もしこの「水」が古池の水ならば音数は足りないものの「古池や蛙飛こむおと」といえばこと足りる。音数を合わせるために「古池」と「水」が重複するのを承知で「水のおと」とする。芭蕉ともあろう人がそんなことをしたかどうか。

この疑問点を解く鍵は、蕉門随一の論客だった支考が書いた本の中にある。支考は美濃の人で芭蕉より二十歳あまり若い弟子。二十代半ばで芭蕉に入門し、実作と論考の両道にすぐれ、芭蕉没後は美濃派という一大勢力を率いた。その支考の『葛の松原』に次の記述がある。

> 弥生も名残おしき比にやありけむ、蛙の水に落る音しば〱ならねば、言外の風情この筋にうかびて、「蛙飛こむ水の音」といへる七五は得給へりけり。晋子が傍に侍りて、「山吹」といふ五文字をかふむらしめむかと、をよづけ侍るに、唯「古池」とはさだまりぬ。

この文章はさらに続く。

> しばらく論之（これをろんずるに）、山吹といふ五文字は風流にしてはなやかなれど、古池といふ五文字は質素にして実（じつ）也。実は古今の貫道なればならし。

引用した部分の前半は芭蕉が古池の句の上五を「古池や」とした経過の説明であり、後半はそれに対する批評である。

古池の句が詠まれたのは支考が芭蕉に入門する数年前のことであるから、芭蕉がこの句を詠んだ場面に支考は居合わせなかった。ここに書いてあることは支考が後に誰からか聞いた話ということになる。

しかし、『葛の松原』が出版されたのは芭蕉の存命中、元禄五年（一六九二年）のことであるから、文中に登場する芭蕉はもちろん、晋子（其角）もそこに書かれている古池の句の誕生のいきさつに目を通しているはずである。そして、二人とも何の異議も唱えなかった。ということは『葛の松原』に書いてあることは聞き書きではあるが信頼に値するということになる。

4

支考のこの聞き書きには古池の句について興味深いことがいくつも書いてある。その一つはこの句は上中下が一度にできたのではなくまず中下の「蛙飛こむ水のおと」が先にできたということである。

そこで上五を何としたものか、芭蕉が一瞬、黙したのだろう、すかさず、その場にいた其角が「山吹や」としてはどうですか」と口をはさんだ。ここからわかるのは「蛙飛びこむ水のおと」という中下にはいくつかの上五が考えられたということ、これが二つ目である。「をよづけ侍る」とはませた口をきくこと。しかし、芭蕉は其角が勧めた「山吹や」を採用せず「古池や」とおいた。

まず芭蕉が詠んだ「蛙飛こむ水のおと」は当時はこれだけで驚くべき表現だった。というのは和歌や連歌はいうまでもなく、貞門、談林の俳諧においても蛙は鳴声を詠むものと決まっていたからである。この伝統を生み出した和歌ではカハヅといえば今いうカエルではなく河鹿（かじか）のことだった。河鹿は清流にすむ小さなカエルで、夜、石に上って鈴を振るような涼しい声で鳴く。

それを芭蕉は河鹿ではなく、その辺の水辺でのどかにはねて遊んでいるただのカエルをカハヅとしてこの句に詠んだ。その座に居合わせた其角らはこの中下を聞いて「これはおもしろい」とうなずいたはずである。

では、上五を何とするか。ここで其角が「山吹や」を提案したのにはこれもまた文学史的な根拠がある。和歌では古くから河鹿の声を必ず山吹と取り合わせてきた。

かはづ鳴く甘南備河（かむなびがわ）にかげ見えて今か咲くらむ山吹の花
厚見王（あつみのおおきみ）（『万葉集』）

かはづなくゐでの山吹ちりにけり花のさかりにあはまし物を
読人知らず（『古今集』）

『万葉集』の歌にある「甘南備河」（神無備川）はどの川かわかっていないが、

『古今集』の歌の「ゐで」（井出）とは京都府の南、井手町の山あいのこと。ここを流れる井出の玉川は古くから河鹿の名所であり、また山吹の名所でもあったので、蛙と山吹はいつの間にか切っても切れない組み合わせになった。そこで、岸辺に咲き乱れる山吹の黄金色の花がまぶしく映える清流の水面で美しい声で鳴く蛙が和歌でも連歌でも俳諧でも詠まれることになった。

『方丈記』の作者、鴨長明は優れた歌人でもあった。その歌論書『無名抄』にこの井出の蛙が登場する。

> 世の人の思ひて侍るは、たゞ蛙をば皆かはづと云ふぞと思へり。それも違ひ侍らね共、かはづと申す蛙は、外にはさらに侍らず、只井出の川にのみ侍るなり。色黒きやうにて、いと大きにもあらず。世の常の蛙のやうにはあらはに跳り歩くこともいとせず、常に水にのみ棲みて、夜更る程にかれが鳴きたるは、いみじく心澄み、物哀なる声になん侍る。

この真に迫った河鹿の描写からすると、長明は「井出の玉川の蛙」を実際に見たことがあったにちがいない。そのカハヅは普通のカエルのようにはねることもなく、普段は水の中にいて夜更けに美しい声で鳴く河鹿だった。

芭蕉の「蛙飛こむ水のおと」という中下を聞いて、其角はこの井出の蛙を思い出し、続けて蛙と一緒に和歌に詠みこまれてきた井出の山吹を連想したのである。そこで「山吹や」を提案した。これをかぶせると句はこうなる。

山吹や蛙飛こむ水のおと

5

『葛の松原』に書かれている古池の句が生まれた経過は以上のとおりである。

問題は「蛙飛こむ水のおと」の上五は最終的に芭蕉の判断で「古池や」に決まりはしたが、一時は「山吹や」の可能性もあったということ。なぜそんなことが可能だったかといえば、「蛙飛びこむ水のおと」は上五がなくてもこれだけですでに完結しているからである。ここで芭蕉が何よりもいいたかったのは蛙が鳴いたのではなく飛んだということだったのであり、それはこの「蛙飛こむ水のおと」でいい尽くされている。となると、上五には山吹でも古池でもおくことができた。

古池の句が「蛙飛こむ水のおと」だけで完結しているということは、其角が提案した山吹も芭蕉がおいた古池も「蛙飛こむ水のおと」とは別の次元にあるものということでもある。芭蕉は古池と蛙が飛びこんだ水は別々のものであると思っていたからこそ重複など気にせずに「古池や」とおくことができた。

古池と蛙が飛びこんだ水が別々の次元にあるからには、蛙は古池に飛びこもうとしても飛びこめない。仮に「山吹や」とおいた場合、其角も芭蕉も支考も蛙が山吹に飛びこんだとは思わないことは明らかである。これと同じく「古池や」とおいた場合でも蛙は古池には飛びこめないのである。『葛の松原』の支考の聞き書きをもとにするかぎり、古池の句を「古池に蛙が飛びこんで水の音がした」と解釈するのは難しいということになる。

さらにもう一つ、この句をそう解釈できないもっと大きな理由がある。それは「古池や」の切字「や」にかかわる問題である。

第二章　切字「や」について

I

古池の句について私は前に一度書いたことがある。平成元年（一九八九年）に本になった『俳句の宇宙』（花神社／二〇一三年、中公文庫）は古池の句で始まる。芭蕉は俳句のいわば神様であり、古池の句は蕉風開眼の句であるから、俳句について書く以上、まず古池の句について自分の考えを述べておこうと思ったからである。

すでに十七年も前のこと。三十二歳だった私が古池の句をどう読んだか、そして、四十九歳の今の私がこの句についてどう考えているか。どこが同じで、どこが変わったか。それを確認するために『俳句の宇宙』の冒頭部分をここで読み返しておきたい。以下はその引用。

時間が経つにつれて、わからなくなってしまう句がある。

古池や蛙飛こむ水のおと

この句を初めて聞いたとき、芭蕉という人は、いったい、何が面白くてこんな句をよんだのだろうと不思議に思った。

古池にカエルが飛びこんで水の音がした——なるほど、一通りの意味はわかる。「自然に閑寂な境地をうち開いている」（山本健吉）といわれれば、そうか、とも思う。しかし、芭蕉は何か別のことを言いたかったのではないか。通常の解釈では、芭蕉自身の言葉を借りれば「俳意たしか」でないように思う。

子規は「古池の句の弁」という文章の中で、この句について「古池に蛙の飛び込む音を聞きたりといふ外、一毫も加ふべきものあらず」というさぎよく書いているが、それだけではなさそうだ。

この句は貞享三年（一六八六年）の春、深川の芭蕉庵で催された蛙の句合せに出された句らしい。

弟子の各務支考の『葛の松原』をよむと、芭蕉はカエルが水に飛びこむ音をききながら、まず「蛙飛こむ水のおと」を作った、すると、その席にいた其角が上五は「山吹や」がいいのでは、とすすめたが、芭蕉は「古池や」にした——という。山吹か古池か、その席で議論があったことも書いてある。

其角が山吹をすすめたのは

かはづなくゐでの山吹ちりにけり花のさかりにあはまし物を

などの『古今集』の歌などを思い浮かべたからだろう。

山吹といえば蛙の声、蛙の声といえば山吹をもってくる和歌の凝りかたまった伝統に対して、山吹に蛙の声ではなく、蛙が水に飛びこむとぼけた音をぶつけて大笑いしようとしたのだろう。あの蛙、『古今集』の歌のように鳴きはしないで飛びこんだ、と。

このとき、其角は和歌の言葉の因襲を批判する立場に立っている。

確かに、上五に山吹をもってくれば、それに続く「蛙飛こむ水のおと」は、山吹には蛙の声という決まりきった古臭い取り合わせへの痛烈な批判になる。これが、この時点で其角が考えていた俳諧というものだったに違いない。ほかの弟子たちもこれに近い考えだったろう。

それに対して、芭蕉が其角の進言をいれず、古池をもってきたのは、其角たちが考えていた当時の俳諧というものを、やはり一歩、前へ進めようとしたからではないか。一六八六年春の芭蕉には、すでに、因襲へのあらわな批判もひとつの因襲と映っていたのかもしれない。芭蕉は其角や以前の自分自身の俳諧に対する考え方を批判しようとしたのではなかったろうか。

そこで芭蕉は和歌のように「かはづなくゐでの山吹」とも歌わないが、其角のように「山吹や蛙飛こむ水のおと」としようとも思わない。因襲にとらわれるのでもなく、因襲を真向こうから批判するのでもない。そのどちらも超越した不思議な新しい空間に「古池や」という言葉はある。

古池の句は、和歌やそれ以前の俳諧に対する芭蕉の創造的批判の句なのだ。

私が『俳句の宇宙』で書いたのは古池の句のいったいどこに俳諧があるのか、平たくいえば、何がおもしろくて芭蕉は古池の句を詠んだのかということである。

支考の『葛の松原』によると、芭蕉はまずできた「蛙飛び込む水のおと」の上五として、其角が提案した「山吹や」を退けて「古池や」とおいた。とすると、「山吹や」とした場合と「古池や」とした場合でこの句はどう変わるのか。「山吹や」を提案した其角が考えていた俳諧と、「古池や」とおいた芭蕉が考えた俳諧はどこがどう違うのかという問題である。

其角の考えは明快である。和歌の世界でまず蛙の声と山吹という取り合わせが生まれ、それが長い歳月のうちに詩歌の公式となり因襲となってしまっていた。そこで、其角は山吹に蛙の声ではなく蛙が水に飛びこむ音を配すれば俳諧になると考えた。公式にそむくものをおけば俳諧になるという発想である。

ところが、芭蕉はこう考える。其角が提案する「山吹や」という公式にそむくものも公式を意識しているのであるから公式にとらわれている点では公式に従うのと変わらない。そこで、公式に従うのでもなく、そむくのでもないもの、すなわち「古池や」とおいた。

この瞬間、芭蕉は公式の呪縛そのものから解き放され、其角が乗り越えようとした和歌ばかりでなく和歌を乗り越えようとした其角さえも乗り越えてしまう。その結果、「そのどちらも超越した不思議な新しい空間に「古池や」という言葉はある」ことになり、古池の句は「芭蕉の創造的批判の句」であるということになる。私のこの考えに対して川崎展宏氏は以前、「二段跳びの俳諧ですね」といわれたことがあった。うまい言い方だ。

古池の句についてのこの考えは十七年たった今も変わらない。しかし、今度『俳句の宇宙』の書き出しの部分を読み返してみてある大事なことを見逃していることに気がついた。それは「古池や」の「や」である。「古池」の方にばかり気をとられて「や」のことをすっかり忘れていた。

2

さて、「古池に蛙が飛びこんで水の音がした」という解釈は古池の句を

古池に蛙飛こむ水のおと

という句として読んでいることになる。もともと意味としては「に」で十分なところを、ただ強調するために切字の「や」を使ったというわけである。この解釈では「や」は強調の役目しか果しておらず、ただ形式的に使われているだけである。この「や」は軽い。

しかし、これはおかしい。芭蕉は切字の使い方に最も意を注ぎ、かつ最も卓抜であった俳諧師である。しかも古池の句は後に蕉門開眼の一句ともてはやされる句である。その芭蕉が選りにも選ってここで「に」の代用として切字「や」を使ったとは考えられない。

『去来抄』は芭蕉の死後、高弟の去来が芭蕉の教えを書き残したものである。元禄七年（一六九四年）初冬、芭蕉がこの世を去ると、其角、支考、惟然ら有力な門弟たちはそれぞれの道を歩みはじめる。去来は同門の弟子たちの勝手な行動によって蕉風が草に埋もれてしまうのを憂えて、『去来抄』を書きはじめ、芭蕉の死から十年後、去来が亡くなったときにはすさまじい推敲の筆の入った草稿が遺された。

『去来抄』が出版されたのはさらに七十年後の安永四年（一七七五年）のこと。去来をはじめ芭蕉の直弟子はみなこの世を去り、時代は数世代後の蕉風復興運動の最中。出版したのもその推進者の一人、名古屋の暁台（一七三二—九二）だった。こうして『去来抄』は芭蕉の生の言葉を伝える蕉風の聖典として世に流布することになる。

その『去来抄』に芭蕉の切字についての考えを記した部分がある。それによると、芭蕉はあるとき、去来にこう語った。

「……切字の事は連俳ともに深く秘(ひす)。猥(みだり)に人に語るべからず」。惣(そう)じて先師に承る事多しといへども、「秘すべし」とありしは是のみなりければ、其事は暫く遠慮し侍る。第一は、切字を入るは句を切るため也。切れたる句は、字を以て切に及ず。いまだ句の切る・切れざるを不知作者のため、先達、切字の数を定らる。此定字を入る時は、十に七、八は自句切なり。

ここで芭蕉は明確に「切字を入るは句を切るため也」と語っている。それに続けて「先達、切字の数を定らる」といっているのは連歌師の救済（一二八二―一三七八）が「や」「かな」「けり」など十八語を「十八の切字」としたことをさしているのだろう。芭蕉はこの「や」「かな」「けり」などの切字を句に入れると、「十に七、八」ほとんどの句はそこで切れるというのである。

芭蕉のこの考え方からすれば、「古池や」とした以上、句はそこで切れなければならない。切字は散文脈を切るからこそ切字なのである。それを「古池に蛙が飛びこんで水の音がした」と解釈したのでは切字「や」の働きをないがしろにすることになるだろう。

反対にもし古池の句が「古池に蛙が飛びこんで水の音がした」という意味で

あれば、切字の「や」など使う必要はない。「古池に蛙飛こむ水のおと」とすれば十分だったはずである。

3

『去来抄』のなかで芭蕉は「や」「かな」「けり」などの切字を入れるとほとんどの句はそこで切れるのだが、それは「十に七、八」、十句のうちの七、八句であるといっている。逆にいえば切字が入っていても切れない句が十句のうち二、三句はあることになる。芭蕉は続けてこう語る。すなわち

> 残る二、三は入(いれ)て切(きれ)ざる句。或(あるい)は又、入(いれ)ずして切る(きる)句あり。此(この)故に、或は此(この)「や」は口あひの「や」、此(この)「し」は過去の「し」にして切れず、是(これ)は三段切(ぎれ)、是(これ)は何切れなどゝ名目(みょうもく)して伝授事とせり。

ここではその「入て切ざる句」の例として「口あひの「や」」と「過去

の「し」があがっている。このうち「口あひの「や」」の「口あひ」(口合)とは語呂合わせ。『日本国語大辞典』(小学館)には「語呂を合わせた言葉のしゃれ。地口」とある。口で唱えたときに「や」とした方が語呂がいいので「や」とする場合の「や」だろう。この口合の「や」はいわゆる切字の「や」ではなく、この「や」が入っていても句はそこで切れないというのである。

そこで「古池や」の「や」は切字の「や」か、それとも口合の「や」か。いうまでもなく、切字の「や」である。

切字は「句を切ため」に入れるのであるから、「や」が切字であるからには古池の句はここで切れる。ここで切れるなら「古池」と「蛙飛こむ水のおと」をただちに結びつけるわけにはゆかない。いいかえると、古池の句は「古池に蛙が飛びこんで水の音がした」という意味の句ではないことになるだろう。

前章では、もし古池の句が「古池に蛙が跳びこんだ」という意味ならば、「古池」と「水のおと」の「水」が重複して句が重苦しくなる。だから、「古池」と蛙が跳びこむ「水」は別のものではないか、蛙は古池には飛びこんでいないのではないかという話をした。この言葉の重複という問題のほかに、切字

「や」の働きからみても古池の句は明らかにここで切れる。いよいよ蛙は古池に飛びこまなかったということになる。

4

古池の句の切字「や」について虚子が書いた文章がある。昭和十年（一九三五年）に刊行された『俳句読本』（日本評論社）のなかの「切字」の一節。

ここで虚子は「切り字」（「切字」を虚子はこう読んでいる）は「終止言」（文章の終わりにおく言葉）であるばかりでなく省略という重大な働きがあると述べ、「殊に「や」の字の如き切り字は余程複雑な意味を持つて居る」という。切字「や」は「複雑な意味」を省略しているというのだろう。その例として虚子はまず古池の句をあげ、「や」についてこう述べる。

その古池の景色も大方こんな景色であらうと云ふ、各々の頭に想像が付くだけの余地を与へるといふ働きを持つてゐますし、それから又、其古池の感じをも、めいめいの頭で呼び起こすだけの余地を存してゐます。つまり古池！　といふやうな、此の古池なる哉、とでも云ふか、其古池といふものを呼び出して来て人の心に印象付けると云つたやうな、さういふ大変な力を持つて、此の「や」は独りで飛躍してゐるのであります。

そのとおりだろう。ところが、続けて虚子はこういう。

口でいへば古池がありますぞよ、古池ですよ、其古池に蛙がとび込みました、水の音がしました、と斯ういふ意味、即ちこの「古池がありますよ、古池ですよ、其古池に」といふ意味、もつと複雑な意味が此「や」の一字に性質づけられて来たものと云ふ可きでありまして、是は俳句が文字を省略する必要から自然々々に起つて来た処のものであると考へるのであります。

切字「や」は「古池がありますぞよ、古池ですよ、其古池に」という意味を省略しているというのである。これはどうしたことだろうか。

虚子はまず切字の第一の働きは省略であると考える。だからこそ句を解釈する段になると、切字によって省略されているものを再現することになるわけである。虚子のこの文章は計らずも古池の句がなぜ今まで「古池に蛙が飛びこんで水の音がした」と解釈されてきたか、その原因の一つを浮き彫りにすることになった。

それは切字の働きを省略と考えてきたからである。ところが、虚子のいう省略と芭蕉がいう「切る」は似ているが全く違う。芭蕉のいう「切る」とは省いたり略したり（あるいは、強調したり）するのではなく、文字どおり切る。古池の句でいえば、切字「や」によって「古池がありますぞよ、古池ですよ、其古池に」という意味が省略されているのではない。初めから古池だけしかない。

虚子はここで芭蕉と擦れ違った。

古池の句が「古池に蛙が飛びこんで水の音がした」という意味でないとすれば、この句はいったいどういう意味なのだろうか。

この問いを解く道は、古池の句に静かに耳を澄ますしかない。「古池」と「蛙飛こむ水のおと」は切字の「や」によって切れている。それをそのまま受けとめればいい。すると、まず古池がある。次にどこからともなく蛙が水に飛びこむ音が聞こえてくる。

余計な智恵を働かせて「や」の代わりに「に」を補って散文的に解釈しなくてもいい。「古池に蛙が飛びこんで水の音がした」と解釈してしまえば、古池の句はまったくつまらない句になってしまう。

今、古池の句の読者がこの句から受ける印象を短詩風に訳すとこうなるだろう。

古池がある

蛙が水に飛びこむ音が聞こえる

「古池がある」と「蛙が水に飛びこむ音が聞こえる」の間には間がある。その間が一行の空白である。こう解釈し直すと、この古池の句はすばらしい句となって目の前に立ち上がるだろう。それは「古池に蛙が飛びこんで水の音がした」という句とはまったく違う。古今の俳人たちの絶賛に値する句である。

第一、芭蕉が描こうとした世界がよくわかる。十七年前に古池の句について私が抱いた「芭蕉という人は、いったい、何が面白くてこんな句をよんだのだろう」という疑問も霧が晴れるように消えてしまうだろう。

では、その古池はどこにあるのか。水の音はどこから響いてくるのだろうか。

第三章　古池はどこにあるか

I

古池はどこにあるのだろうか。この問題について考える前に芭蕉は古池の句をいつ詠んだのか確かめておきたい。句の詠まれた時期がわかれば芭蕉の居場所がわかり、この句がどこで詠まれたか、ひいては古池がどこにあるのかもおのずから明らかになるはずである。

結論から先にいえば、古池の句は貞享三年（一六八六年）春に詠まれたらしい。「らしい」というのはいくつかの状況証拠からそう推定されるのだが、証拠同士互いに矛盾するところがあって、ただちに貞享三年春に詠まれたと断定するわけにはゆかないからである。

この貞享三年という年は三月のあとに閏三月が入っていた。この年の閏三月一日は太陽暦の四月二十三日、晦日(みそか)の二十九日は五月二十二日だった。立夏は太陽暦の五月五日ごろであるからこの年の閏三月は初夏にまで及んでいた。

さて、古池の句の載っているいちばん古い書物はこの貞享三年閏三月に江戸で出版された『蛙合(かわずあわせ)』である。これは蛙を詠んだ句ばかりを集めた句合集である。編者の仙化(せんか)は江戸の人らしいが、姓名も生没年もわからない。わかっているのは、あるときから芭蕉に師事し、この年春に『蛙合』を編んだということだけである。版元は新革屋町の西村梅風軒。

この『蛙合』の巻頭に芭蕉の古池の句が載っている。

一番

左

古池や蛙(かわず)飛(とび)こむ水のおと　　芭蕉

右

いたいけに蝦つくばふ浮葉哉　　仙化

句合とは句を二つ左右に並べて優劣を競うもので左右一組で一番。左右というとおり左が上位である。古池の句は第一番の左であるから『蛙合』の中で最上位に置かれていることになる。

『蛙合』では、この芭蕉と仙化の句を第一番として第二十番まで四十人の四十句が番えてある。最後に追加の一句があるので全部で四十一の蛙の句が載っている。その作者四十一人の面々は素堂、孤屋、嵐雪、杉風、曾良、其角をはじめいずれも江戸の蕉門もしくは蕉門と交わりのあった江戸の人々のようであるが、それに交じって京の去来の名がみえる。それは第五番の右

一畦はしばしば鳴やむ蛙哉　去来

去来の句が入っていることは、『蛙合』がどのようにして成立したか、さらには古池の句がいつ詠まれたかを考えるうえできわめて重要である。

2

『蛙合』には編者の仙化が書いた漢文の跋文がある。書き下すとこうなる。

頃日、深川芭蕉菴ニ会シテ、群蛙句鳴ク。衆議ヲ以ツテ判ジテ、禿筆ヲ馳ス。青蟾堂仙化子、焉ニ撰スル乎。

つい最近、一群の蛙どもが深川芭蕉庵に集まって鳴くがごとくに句を詠んだ。連衆全員で優劣を決め、私、青蟾堂仙化がちびた筆でこれを書き記した。

句合ではふつう一人の判者がいて左右どちらが優れているか判定するが、『蛙合』は一人の判者による判定ではなく連衆全員が話し合って優劣を決めた。これが跋文にある「衆議判」である。「青蟾堂」青い蟾とは仙化が蛙たちの世話役を気取って名乗った堂号だろう。

この跋文を読むと、追加の一人以外、ここに句を連ねる四十人全員がある日、芭蕉庵に会して蛙の句を詠み、句合に興じたかのような印象を受ける。しかし、去来がその日のためにわざわざ京から下って蛙の句合に加わったとは考えられないし、その形跡もない。つまり四十人のうち少なくとも去来はそこにいなかった。それなのに仙化は跋文で全員が参集したかのように書いた。

ここには漢文の勢いともいうべき大言壮語風の脚色があるだろう。とすると、むしろ貞享三年春のある日、芭蕉庵で開かれた蛙の句合に集まっていたのは四十人どころか数人、主の芭蕉と『蛙合』の編者仙化のほか二、三人に過ぎなかったのではないか。それを仙化は四十人全員がそこに集まったかのように書いたと考える方が当たっていそうである。

それを裏付けるのが『蛙合』第一番、芭蕉と仙化の句のあとに置かれた一文である。

此(この)ふたかはづを何となく設(もうけ)たるに、四となり六と成(なり)て、一巻にみちぬ。かみにたち下にをく(お)の品、をの(お)〳〵あらそふ事なかるべし。

先生と私仙化の蛙の句を何となく合わせてみたら、次々に蛙の句合ができ、ついにこの『蛙合』一巻となった。どれが上位でどれが下位かなどと、もめないで頂きたい。

ここから、芭蕉と仙化が二人の句を並べてみるとおもしろい句合ができた。そこで、手もとに控えてある、あるいは覚えている門人たちの句を次々に番えていくうちに四十番の句合ができた。そんな情景がみえてくる。

『蛙合』第一番の芭蕉の古池の句と番えられた仙化の句の「いたいけに」とは幼くてかわいらしいこと、漢字を当てれば「幼気に」。小さな子蛙が蓮の浮葉の上で「つくばふ」、両手をついているところである。

この句を「何となく」古池の句と番えてみると、勇ましく水に飛びこむ芭蕉の蛙に対して仙化の蛙はかわいげに両手をつき、うまい具合に古池の句の誕生をことほぐ格好になった。これがおもしろいので、次々にほかの門人たちの詠んだ蛙の句を番えてみたということではなかったろうか。その中に去来の句もあった。追加の句は『蛙合』の興行を聞きつけてあわててよこした一句だろう。

そうなると、芭蕉の古池の句はこの蛙の句合の直前、ことによるとその日に詠まれたとも考えられる。貞享三年春のある日、深川の芭蕉庵に数人が集い、そこで主の芭蕉は古池の句を詠んだ。この古池の句を種にして蛙の句合が行われ、その記録が『蛙合』として出版された。

3

ここで思い起こしてもらいたいのが支考の『葛の松原』の一節である。そこには古池の句の誕生の場面が記してあった。

弥生も名残おしき比にやありけむ、蛙の水に落る音しばくならねば、言外の風情この筋にうかびて、「蛙飛こむ水の音」といへる七五は得給へりけり。晋子が傍に侍りて、「山吹」といふ五文字をかふむらしめむかと、をよづけ侍るに、唯「古池」とはさだまりぬ。

ここに「弥生も名残おしき比にやありけむ」とある。この「弥生も名残おしき比」とは旧暦三月末のことである。ただ、それが何年の「弥生も名残(を)おしき比」であったか、支考は書いていない。しかし、古池の句が蛙の句合と同じ日に詠まれたのであれば、古池の句が詠まれたのは貞享三年の三月末ということになるだろう。支考が『葛の松原』につづった古池の句誕生の場面は、仙化が『蛙合』に記録した蛙の句合の直前に芭蕉庵で実際にあったことではなかったろうか。

そして、蛙の句合には芭蕉と仙化のほか、少なくとも其角がいた。『葛の松原』によれば、晋子(其角)は古池の句の誕生の場に居合わせ、「蛙飛こむ水のおと」の上五として「山吹」を提案しているからである。『蛙合』の其角の句は最後の第二十番の右。左は曾良である。

第二十番

左

うき時は蟇(ひき)の遠音(とおね)も雨夜哉　　そら

右

こゝかしこ蛙鳴ク江の星の数　　キ角

「キ角」（其角）が出席していたとなると、さらに「そら」（曾良）もそこにいたのではないか。現にいる人の句を不在の人の句と番えるのは不自然だから。となると、古池の句が詠まれ、蛙の句合が行われたその場には少なくとも芭蕉、仙化、其角、曾良の四人が集まっていたことになるだろう。

貞享三年の三月晦日（みそか）三十日は太陽暦の四月二十二日であるから、「弥生も名残（を）おしき比」とは四月二十日前後。このころになれば空気も水も温み、『葛の松原』にある「蛙の水に落る音しば〳〵ならねば」という情景も当時の江戸であれば決して珍しくなかったはずである。

『蛙合』と『葛の松原』を合わせると、古池の句は貞享三年三月末に深川の芭蕉庵で詠まれたことになる。この句の誕生を祝ってその場で蛙の句合が行われ、その記録『蛙合』が翌閏三月に出版された。

4

古池の句を詠んだ貞享三年、芭蕉は四十二歳である。その六年前の延宝八年（一六八〇年）冬、芭蕉は日本橋小田原町の裏長屋から隅田川対岸の深川に移り住んだ。これが世にいう芭蕉の深川隠棲である。落ち着き先は深川元番所にあった杉風の庵だった。杉風は芭蕉の江戸における最古参の門人であり、後援者でもあった。日本橋小田原町で幕府御用の魚問屋を営み、深川元番所に生簀があって、その番をする小屋があったらしい。

この辺は芭蕉みずからのちに

遠くは士峰（富士山）の雪をのぞみ、ちかくは万里の船をうかぶ。

（「寒夜の辞」）

とたたえているとおり眺望のよいところだったので、杉風はこの生簀小屋をやがて自分の別荘として使うようになったのだろう。そこを日本橋小田原町から移ってくる芭蕉に隠棲の場として提供した。芭蕉が住みはじめた当初の庵号を泊船堂という。

日本橋という町名のもとになった日本橋は江戸城の外堀と隅田川を結ぶ日本橋川にかかる橋である。東海道をはじめ五街道の起点であり、江戸の交通網の要であった。この日本橋と一つ東の江戸橋との間、日本橋川の北の河岸が当時は魚河岸だった。この魚河岸から一、二町北へ入ったあたりが杉風の魚問屋があったという小田原町である。芭蕉が深川に移るまで住んでいた裏長屋も同じ町内にあった。今の日本橋の三越百貨店本店から中央通を横切って路地に入ったあたりになる。

芭蕉がそこから移り住んだ杉風の別荘は隅田川に合流する小名木川（おなぎがわ）の河口にかかる万年橋の北の橋詰付近にあった。日本橋小田原町の杉風の家から歩いて隅田川の両国橋を渡っても、日本橋川から隅田川へ出て舟でもゆくことができた。ここにいちばん近い新大橋（元禄六年、架橋）は、このときまだない。

当時の江戸の町の東半分は水上都市である。大川と呼ばれる隅田川を大動脈として水路や掘割が網のように市中に張りめぐらされ、舟を操って隅田川を下り、海に出れば品川へ、遡れば千住へもゆけた。

この深川隠棲から九年目の元禄二年（一六八九年）春、芭蕉はここから舟に乗ってみちのくへと旅立つ。『おくのほそ道』には

> むつまじきかぎりは宵よりつどひて、舟に乗て送る。千じゅと云所にて船をあがれば、前途三千里のおもひ胸にふさがりて、幻のちまたに離別の泪をそゝぐ。

とある。

惜しいことに近代の悪政によって江戸の水路のほとんどは埋められてしまったが、現在もこのあたりの地形は芭蕉の時代とあまり変わらない。隅田川は悠々と流れ、小名木川も日本橋川も残っている。生簀小屋の跡には芭蕉稲荷があり、近くには芭蕉記念館分館が建っている。

深川隠棲の翌延宝九年（天和元年、一六八一年）春に門弟の李下から贈られた

芭蕉の株が夏には青々と茂り、涼しげな葉陰をつくった。それにちなんで芭蕉と号し、庵は芭蕉庵と呼ばれるようになる。

ところが、次の年の天和二年（一六八二年）十二月二十八日、駒込大円寺から出火した八百屋お七の火事の大火焔が隅田川を越えて本所深川を焼き、芭蕉庵は焼失する。

その翌年の天和三年（一六八三年）冬、門人たちの喜捨でもとの場所に新しい庵が建った。芭蕉の株も大火を生き延びた。芭蕉は元禄二年春、この庵を人に譲ってみちのくへと旅立つまで足かけ七年間、ここを住み家とすることになる。そして、芭蕉庵再建から三年目の貞享三年春、芭蕉はここで古池の句を詠むのである。

5

芭蕉の死後、古池の句の古池は芭蕉庵にあった生簀の跡であるというまことしやかな説が流布する。芭蕉庵はかつて杉風の生簀小屋だったのであるから、そこには生簀の跡があっただろうという推論に基づいている。

古池の句が詠まれてから百年後の天明五年（一七八五年）に杉風の孫弟子に当たる梅人（一七四四―一八〇一）が刊行した『杉風句集』の「杉風秘事抜書」には古池の句を掲げて

ばせを庵の傍（かたわら）に生洲（いけす）の魚を囲ひし古池有り。

とある。古池の句の古池とはその「生洲」（生簀）であるというのである。近代になっても、事情は同じである。虚子は「蛙が（芭蕉庵の）裏の古池に飛び込む音がぽつん〳〵と聞えて来る」（「「古池」の句に就いての所感」、第一章参照）と書いていた。

こうした古池探しが、頻繁に行われるのにはそれなりの理由があるだろう。芭蕉が「古池や」と詠んでいる以上、その古池が実際どこかにあるはずだと考えてもおかしくはない。それが芭蕉があの有名な古池の句に詠んだ古池であるということが判明すれば、平仄が合っておもしろい。伝説と思われていたトロイの遺跡が発見され、幻の邪馬台国の跡が見つかるようなものである。

しかし、支考の『葛の松原』を思い起こして欲しい。そこには「蛙の水に落る音しばくならねば、言外の風情この筋にうかびて」、芭蕉はまず「蛙飛こむ水のおと」と詠んだ、そののち「古池や」という上五が定まったという古池の句の誕生の経緯が記してあった。

この記述によると、芭蕉は蛙が水に飛びこむ音を聞きながらまず「蛙飛こむ水のおと」と詠んだ。ここで芭蕉は水の音に耳を傾けていたのであって蛙が水に飛びこむところを見ていない。静かに瞼を閉じて瞑想に耽るかのようでさえある。

『葛の松原』の記述だけでなく古池の句自体にも瞑想の気配が濃厚である。芭蕉がもし水に飛びこむ蛙を見ているのならわざわざ「水のおと」とはいわないだろう。「蛙飛びこむ水」とだけいえばいい。「おと」というからには芭蕉は蛙が飛びこむ水の音を聞いていただけ。蛙が飛びこむところを見ていない。

このとき、芭蕉は庵の内にいた。芭蕉はこの古池の句を詠んだ貞享三年三月末のその日のうちに仙化たちと蛙の句合をしたとすれば、古池の句を詠んだのは夜ではない。昼下がりか、遅くても夕方。障子が立ててあったか、瞼を閉じていたか、ともかく芭蕉は庵の一室にいてどこからともなく聞えてくる蛙が水に飛びこむ音に耳を傾けていた。

芭蕉庵のある深川一帯は古くは芦原や干潟の広がる隅田川のデルタだった。明暦三年（一六五七年）一月の振袖火事のあと、幕府は江戸の防火策の一つとして道幅を広げ、火除け地を設けるために、隅田川河口の芦原を埋め立てて火事で焼け出された江戸市中の大名屋敷や寺院をここに移転させた。

芭蕉が古池の句を詠んだのは明暦の大火の二十九年後のことである。杉風の生簀の跡などなくても、あたりにはまだいくらも芦の茂みや水たまりが残り、春たけなわともなれば蛙たちが元気よく飛び跳ね、賑わしく恋の歌を鳴き交わしたにちがいない。『蛙合』に載る其角の句「こゝかしこ蛙鳴ク江の星」そのままの景色がそこにあった。

芭蕉庵はそんな水辺にあった。そこで蛙が水に飛びこむ音に耳を傾ける芭蕉の心の中におぼろげに浮かんできたのが古池だった。この古池はこの世のどこにも存在しない。ただ芭蕉の心の中にある古池である。『葛の松原』のあの一節を素直に読めば、そうとれるのではなかろうか。

古池の句から読者が受ける印象を前章ではこんな短詩にした。

古池がある

蛙が水に飛びこむ音が聞こえる

これを芭蕉が古池の句を詠んだときの心の動きのとおりに直せば次のようになるだろう。

蛙が水に飛びこむ音が聞こえる

古池がある

「蛙飛こむ水のおと」は庵の外から聞こえてくる現実の音であるが、「古池」

は芭蕉の心に浮かんだどこにも存在しない古池である。どこにもない心の中の古池に現の蛙が飛びこむわけにはいかないだろう。

古池の句の古池は芭蕉が蛙が水に飛びこむ音を聞いて貞享三年春という現実のただ中に打ち開いた心の世界だった。その現実の世界と心の世界の境界を示すのが切字の「や」である。これこそが芭蕉にとっての切字であり、「句を切る」ということだった。

第四章　蕉風開眼とは何か

I

古池や蛙（かわず）飛（とび）こむ水のおと　　芭蕉

ある春の日、芭蕉は蛙が水に飛びこむ音を聞いて古池を思い浮かべた。すなわち、古池の句の「蛙飛こむ水のおと」は蛙が水に飛びこむ現実の音であるが、「古池」はどこかにある現実の池ではなく芭蕉の心の中に現れた想像の古池である。

とすると、この句は「古池に蛙が飛びこんで水の音がした」という意味ではなく、「蛙が飛びこむ水の音を聞いて心の中に古池の幻が浮かんだ」という句になる。

さて、このとき、芭蕉は座禅を組む人が肩に警策を受けてはっと眠気が覚めるように、蛙が飛びこむ水の音を聞いて心の世界を呼び覚まされた。いいかえると、一つの音が心の世界を開いたということになる。

この心の世界が開けたこと、これこそが「蕉風開眼」といわれるものの実体ではなかったろうか。それは貞享三年（一六八六年）春のことだった。

古来、古池の句は蕉風開眼の句とたたえられてきた。蕉風開眼とは芭蕉が旧風を脱してみずからの句風に目ざめたことをいう。蕉門きっての俳論家であった支考は

（芭蕉は）古池の蛙に自己の眼をひらきて、風雅の正道を見つけたらん。

（『俳諧十論』）

と書いている。

しかしながら、この句がもし「古池に蛙が飛びこんで水の音がした」という

意味であるなら、この人を食ったようなこの句のどこが蕉風であり、芭蕉にとってなぜ人生の節目となる開眼の句だったのかわからない。わからなければ、ただ伝承のとおりに蕉風開眼の句として祀り上げるしかない。

2

蕉風とは何か。芭蕉が旧風を抜け出して打ち建てた句風とは何かと考えてみれば、それは俳諧に心の世界を開いたこと以外にありえない。

芭蕉以前の俳諧は言葉の表面で遊ぶばかりで言葉の奥にある心の世界には無頓着だった。まずあげられるのは貞徳（一五七一―一六五三）を祖として十六世紀中葉に隆盛を誇った貞門俳諧である。

霞さへまだらにたつやとらの年　　貞徳
花よりも団子(だんご)やありて帰(かえる)雁(かり)
しをるるは何かあんずの花の色

今年は寅年だから霞までも虎の毛皮の模様のようにまだらに立つと洒落れ、花の盛りを見捨てて北へ帰る雁は故郷で団子が待っているのだろうとふざけ、君が杏の花のように萎れているのは何か案ず（杏）るところでもあるんじゃないかとからかう。貞門俳諧とは古典を下敷きにした駄洒落であり、知的で他愛ない言葉遊びだった。

続いてこの古風な貞門俳諧に反抗して、十七世紀後半の一時期、流行したのが宗因（一六〇五―一六八二）を盟主とする談林俳諧である。宗因自身

古風・当風・中昔、上手は上手、下手は下手、いづれを是と弁ず、すいた事してあそぶにはしかじ。夢幻の戯言也。（『阿蘭陀丸二番船』）

と書いているとおり新奇を好む享楽的な俳風である。

ながむとて花にもいたし頸の骨　宗因

今こんといひしば鴈の料理哉
すりこ木も紅葉しに皀蕃椒

小野小町の「花の色はうつりにけりないたづらに我身世にふるながめせしまに」（『古今集』）を踏まえて小町の首をいたわるふりをし、雁の料理ができるのが遅いのを蕎麦屋の出前だと文句をつけ、唐辛子を擂って真っ赤になったすりこ木を紅葉したとはやし立てる。しかし、旧派の貞門の人々からは「阿蘭陀流」、意味のわからない外国語を聞いているみたいだと揶揄されたように、しばしば奇抜、難解に陥った。つまり、談林とは当時の前衛運動だった。

芭蕉はまだ郷里の伊賀上野にいた時分、京の貞門の季吟（一六二四―一七〇五）に俳諧を学んだ。季吟は若くして季寄せ『山の井』を著わし、晩年は幕府歌学方を務めた大学者である。

その後、芭蕉は三十歳ごろに江戸に出、この新興都市の江戸で、当時大流行していた談林俳諧に夢中になった。

あさがほに我は食くふおとこ哉　芭蕉
世にふるもさらに宗祇のやどり哉
花にうき世我酒白く食黒し

こうした句が談林の影響を全身に浴びながら芭蕉が詠んだ句である。対句を用いた三句目「花にうき世」のような句は漢詩文調と呼ばれる。天和三年（一六八三年）に其角が編んだ俳諧選集『みなしぐり』（虚栗）にちなんで天和調、虚栗調ともいう。

去来によれば、芭蕉はいつも

上に宗因なくむば、我〳〵がはいかい、今以貞徳が涎れをねぶるべし。宗因は此道の中興開山也。（『去来抄』）

と語っていたという。軽俳浮薄のそしりは免れがたかったが、宗因の自由闊達な俳風は貞門を縛った古典の呪縛から俳諧を解き放ったというのだろう。

3

宗因が京鳴瀧の隠れ家で満七十八歳の天寿をまっとうして亡くなるのは天和二年（一六八二年）春、その四年後に芭蕉は古池の句を詠む。

古池の句は宗因の死によって談林俳諧が失速したのち、談林に代わって貞門を超える新たな俳風が模索される空気の中で詠まれたということになる。まさしく待望されて出現した一句だった。この新風への大きな期待が貞享三年春、古池の句が詠まれるやいなや、この句を蕉風開眼の句として世に広めてゆく原動力に切り換わる。

では、古池の句以前はどんな蛙の句が詠まれていたか。

【貞門以前】

手をついて歌申（もうし）あぐる蛙かな　　宗鑑

【貞　門】

和歌に師匠なき鶯と蛙哉　貞徳
かいる子の生湯かぬるむ池の水　道的
歌軍文武二道の蛙かな　貞室
川中で蛙が読やせんどう歌　重頼

一句目、宗鑑は俳諧の祖といわれる人。三句目の「かいる子」は「かへる子」のこと。次の「歌軍」とは蛙の歌合戦。最後の「せんどう歌」は「船頭歌」である。

【談林】

歌の道になれもさし井出の蛙哉　宗因
是や此行もかへるの和歌の道　休安
名にしおふ蛙五良やかはづの子　安通
ひとつなけばみなくちぐちの蛙哉　往良

一句目は「なれ（汝）もさし出で」に蛙の名所「井出」を掛ける。三句目の「蛙五良（郎）」とは『曾我物語』の河津三郎の子、河津五郎のこと。河津五郎は蛙（河津三郎）の子であるとおどける。

こうした句の最後に誕生した古池の句には二つの画期的な意義があった。一つは、これらの句の大半が和歌の伝統にのっとって「歌う蛙」を詠んでいるのに対して、芭蕉の古池の句は歌を歌う蛙ではなく水に飛びこむ蛙を詠んで和歌の規範を破ったこと。

しかし、和歌の規範を破っただけならば、古池の句は談林の延長線上の一句にすぎないだろう。そもそも談林とは和歌の規範を破ってゆく衝動であったからである。それだけなら、古池の句はかつて談林に心酔した芭蕉の談林的衝動の残り火が蛙を襲っただけの句にすぎない。

古池の句のもう一つのはるかに大きな意義、それは俳諧の発句に初めて心の世界を開いたことだった。

芭蕉に先行する句は並べてみると、それぞれに工夫をこらしてはいるものの言葉の浅い部分で戯れているという点ではどれも同じである。どの句も言葉の奥に潜んでいる心の扉の前をみな素通りしてゆく。

古池の句がもし「古池に蛙が飛びこんで水の音がした」という意味であるならば、この句もまた芭蕉以前の蛙の句と何も変わるところがない。旧態依然たる蛙の句の一つにすぎなかっただろう。

ところが、芭蕉は蛙が水に飛びこむ音を聞いて扉の前にたたずみ、やがてその扉を押し開いて心の空間に浮かぶ古池を目の当たりにした。それが上五の「古池や」である。これこそまさに古池の句が蕉風開眼の句とたたえられるゆえんだろう。

4

芭蕉はこの古池の句以後、心の世界を映し出す句を堰を切ったように次々と詠む。しかも、古池の句では蛙が水に飛びこむ音が古池という心の世界を開いたように、どの句もさまざまな音をきっかけとして世界が開ける句である。だからこそ古池の句はのちに蕉風開眼の句とたたえられることになる。

蓑虫の音(ね)を聞(きき)に来よ草の庵(いお)　　貞享四年

古池の句を詠んだ翌貞享四年（一六八七年）秋、芭蕉が数人の門弟に書き送った句である。『枕草子』には親に捨てられた蓑虫が秋風が吹くころになると「ちちよちちよとはかなげに鳴く」とあるが、もとより蓑虫が鳴くはずはない。それは心の耳で聞く心の声である。

芭蕉は草庵の蓑虫の声を聞きにきてくれといいながら、この心の世界をともに味わおうと呼びかけている。ここで深川の芭蕉庵は「蓑虫の音」という音なき音が開いた心の中の「草の庵」なのである。

新編日本古典文学全集（小学館）の一冊として平成七年（一九九五年）に刊行された『松尾芭蕉集①』（井本農一、堀信夫注解）は今のところ最も新しい芭蕉の全発句集である。最も新しいということは最新の研究成果は入っているということである。この本は「蓑虫の」の句のここのところを蓑虫の無能無才ぶりに、荘子のいう自得自足の境位を見、その自得の心の味を、蓑虫のかすかな鳴声の中に聞き出そうと、心友に言い送った句である。と解説している。

旅人と我名よばれん初しぐれ　貞享四年

同じ年の初冬、芭蕉が『笈の小文』の旅へ出るときの句。時雨は古くははらはらと通り過ぎる風情を何とはなしに楽しんでいたのであるが、鎌倉時代以降はその音を愛でて詠むようになった。

霜さえて枯れゆく小野の岡べなる楢の広葉にしぐれ降るなり
藤原基俊（『千載集』）

まばらなる真木の板屋に音はしてもらぬしぐれや木の葉なるらん
藤原俊成（『千載集』）

俊成（一一一四―一二〇四）は平安時代末から鎌倉時代初めの大歌人であり、勅撰和歌集『千載集』の撰者でもある。基俊（?―一一四二）は俊成の一時代前の歌人であるが、最晩年に弱冠二十五歳の俊成の歌の弟子となった人。

芭蕉の「初しぐれ」の句もまた時雨の音を詠んでいる。旅立ちの間際に初時雨が通り過ぎていった。その音を聞いたとたん、芭蕉の心に忽然と「旅人と我名よばれん」という「身は風葉の行末なき心地」（『笈の小文』）が湧き起こる。蛙が水に飛びこむ音によって心の中に古池が浮かんだ古池の句とまったく同じ経緯をたどってこの句は詠まれたことになる。『松尾芭蕉集①』はこの「初しぐれ」の音については触れていない。

星崎の闇を見よとや啼千鳥　　貞享四年

『笈の小文』の旅の途上、尾張の鳴海潟で詠まれた句である。この「鳴る海」という音を秘めた地名がすでに心の世界への導入だろう。星崎の闇を見よと誘うかのように鳴海潟の千鳥たちが鳴いている。

ここでは「啼千鳥」が古池の句の「蛙飛こむ水のおと」に当たり、「星崎の闇を見よとや」が「古池や」に対応している。この「闇」とはただ星崎の海に垂れこめる現実の闇であるだけではなく、芭蕉の心を占める宇宙的な闇でもあった。

『松尾芭蕉集①』はこの句について「俳諧の新しい作意として、星の字の縁に闇を取り合せて軽い興を添えたもの」というが、この「闇」は「軽い興」などではなく芭蕉の想像力の源泉から湧き出した闇だったにちがいない。

此山(このやま)のかなしさ告(つげ)よ野老掘(ところほり)　貞享五年

年が明けて貞享五年(一六八八年)、伊勢の菩提山神宮寺での句。野老とは山芋の仲間で長い鬚根をつけるので長寿を願って正月の蓬萊の飾りにする。

この句は音とはかかわりがなさそうにみえるが、「野老掘」に枯木や落葉を掻き分ける音を聞きとらなければ「此山のかなしさ」はみえてこない。野老掘が枯山でごそつく音に芭蕉は「此山のかなしさ」を聞きとったのである。

　ちゝはゝのしきりにこひし雉(きじ)の声　　貞享五年

高野山での句である。この句はもはや説明を要しないだろう。

この貞享五年は九月に元禄と改元する。翌二年（一六八九年）春、芭蕉は深川の芭蕉庵を人に譲ってみちのくへと旅立つ。

古池の句以降の句から音によって心の世界が開かれる句を拾うとこのとおり切りがない。さながら古池の句が芭蕉の発想の型となってしまった観さえある。

一方、古池の句以前はこの型の句がほとんど見当たらない。ただ一つ

　海くれて鴨のこゑほのかに白し　　貞享元年

古池の句の一年半前の貞享元年（天和四年、一六八四年）冬、『野ざらし紀行』の旅の途上、尾張の熱田で詠んだ句である。三年後に熱田から近い星崎で詠むことになる

星崎の闇を見よとや啼千鳥　　貞享四年

に似てなくもないが、「星崎の」の句では「闇」といいきった心の世界が、「海くれて」の句ではまだはっきりと姿をみせていない。むしろ「鴨のこゑ」を「ほのかに白し」といったところは前年に詠んだ談林調の

花にうき世我酒白く食黒し　　天和三年

に近い。

貞享三年春、四十二歳の芭蕉が詠んだ古池の句は芭蕉にとってだけでなく俳

諧の歴史の中で画期的な開眼の句だった。それは俳諧に心の世界を開く一句だった。芭蕉は元禄七年（一六九四年）初冬には五十歳でなくなるから蕉風の名句の数々が詠まれたのはわずか八年半の間ということになる。花の盛りはかくも短い。

第五章　ゆかしきは『おくのほそ道』

I

月日は百代(はくたい)の過客(かかく)にして、行(ゆき)かふ年も又旅人也。

（『おくのほそ道』）

古来、白河の関より北はみちのくと呼ばれた。みちのくとは「道の奥」であり、京の都から東へ向かう道の彼方に広がる最果ての地だった。国名でいえば東北地方の太平洋側に並ぶ磐城(いわき)、岩代、陸前、陸中、陸奥(むつ)の五国をさす。芭蕉は古池の句を詠んでから三年後の元禄二年（一六八九年）春、門弟の曾良一人を供としてこのみちのくへと旅立つ。

芭蕉は晩春三月末に江戸を発って五月雨のころに陸中の平泉に達し、そこで折り返して日本海側へ出ると帰りは北国街道を南下して仲秋八月に美濃の大垣にたどり着いた。この五か月に及ぶ旅の紀行文が『おくのほそ道』である。

さて、みちのくの入口である白河の関を越えて芭蕉が最初に詠んだ句は

風流の初(はじめ)やおくの田植うた　芭蕉

「おく」は「奥」でみちのくのこと。白河の関を越えて初めて耳にする鄙びた田植歌をこれこそ世の風流の源とほめているのであるが、それとともにこれから先どんな風流に出会えることかと、まだ見ぬ土地へのゆかしさを募らせている。

この「ゆかしい」という言葉は今では「奥床しい」という形以外にはあまり使わなくなってしまった、いわば古語であるが、もとは「行かしい」行ってみたいという意味の言葉である。何とはなしに心ひかれる、慕わしいという意味にもなる。「床しい」と書くのは語源がわからなくなってしまった後世の当て字である。

芭蕉は三年前、蛙が水に飛びこむ音を聞いて心の中に古池を思い浮かべた。そして、今みちのくの土を踏んで最初に詠んだ句も田植歌を聞いてみちのくという未知の土地をゆかしいと思うという句である。この句もまた音をきっかけにして心の世界が開ける古池の句と同じ型の句である。

この句は旅の前途へのゆかしさをこめたという点で数日後に訪れる信夫の里で詠む

早苗とる手もとや昔しのぶ摺　　芭蕉

という句と好一対をなしている。「しのぶ摺」とは忍草の葉を摺りつけて乱れ模様を染めだした布で、芭蕉の時代すでにすたれてしまっていたものの昔は都にも知られ古歌にも歌われた信夫の里の名産だった。

早苗を植える早乙女の手もとを見ながら、昔はこの早乙女の年ごろの娘たちがしのぶ摺をしていたのだろうとはるか時の彼方を懐かしんでいる。この過去へのゆかしさはそのまま旅の前途、芭蕉の目の前に横たわるみちのくへのゆかしさでもあっただろう。

芭蕉はここで「おくの田植うた」という声に対して「早苗とる手もと」という姿を取り出して、これから向かうみちのくへのゆかしさをこめた一対の句に仕立てた。一方は声と時間、もう一方は姿と空間を詠んだ二つの句がみちのくという追憶の国の入口になつかしい石柱のように並んで建っている。

2

芭蕉はなぜみちのくへ旅立ったのか。そして、なぜ『おくのほそ道』は書かれたのか。平成十五年（二〇〇三年）夏に出版された堀切実編『『おくのほそ道』解釈事典――諸説一覧』（東京堂出版）には『おくのほそ道』の主題をめぐる七つの主な学説が紹介されている。項目名と主唱者だけを書き写すと

①「不易流行」の世界観を提示することが作品の主題であるとみる立場（『おくのほそ道』についての代表的な主題論であり、古くから一貫して説かれてきた説）

②「不易流行」の世界観、及びその根本理念に基づく蕉風の詩精神を提示したものとみる立場（尾形仂）
③「造化随順」思想に基づく自然と人生への賛歌が主題であるとみる立場（堀信夫）
④風雅に徹して生きようとする人間の理想像を描いたものとみる立場（井本農一）
⑤新しい旅心を描いた元禄の「東下り」の文芸とみる立場（白石悌三）
⑥奥羽の自然を描くことを主眼としつつ、人事の面では「恋」をテーマとしているとみる立場（上野洋三）
⑦「意味の焦点」（小主題）を展開した作品だとみる立場（堀切実）

この一覧をみると、①の「古くから一貫して説かれてきた説」に対して、現代の主な俳文学者がみなそれぞれに独自の説を唱えているということのようである。

これらの説にみえる「不易流行」にしても「造化随順」にしても俳諧の理論

である。『『おくのほそ道』解釈事典』が紹介している学説のいくつかは、こうした理論を実証するために芭蕉は『おくのほそ道』を書いたといっているように聞こえる。

しかし、理論を実証するために『おくのほそ道』が書かれ、句が詠まれたというのは、イデオロギーに従って国を造ろうとするのと同じく本末転倒の考え方だろう。実作者とは理論などのためにではなく自分の直感と欲望に忠実に動く生きものではなかろうか。

ここで忘れてならないのは小説家の丸谷才一氏が『輝く日の宮』（講談社）の中で披露している義経五百年忌説である。

芭蕉がみちのくを旅した元禄二年（一六八九年）は源義経が平泉で討ち死にした文治五年（一一八九年）からちょうど五百年目に当たった。そこで丸谷氏は御霊信仰をもとにして「芭蕉は義経五百年忌をまったく私的に、ひっそりと祀りたくて出かけたのではないか」という説を小説のヒロインに語らせている。

御霊信仰とは菅原道真や平将門のように怨みを含んだまま死んだ人の亡魂は放っておくと祟りをもたらすが、丁重に祀れば祀った人を守護してくれるという日本古来の土着信仰である。

これを第八の説としてつけ加えておきたい。すなわち

⑧芭蕉は五百年前に平泉で討ち死にした源義経の霊を慰めるためにみちのくへでかけたとみる立場（丸谷才一）

このように七つもの説（丸谷氏の義経五百年忌説を加えると八つもの説）があるということは、芭蕉がみちのくへ向かった動機は要するにいまだに謎ということらしい。

しかし、『おくのほそ道』を、三年前に詠まれた古池の句の延長線上においてみると、芭蕉がみちのくへ旅立った動機が浮かび上がってくる。芭蕉は貞享三年（一六八六年）春、古池の句を詠んで俳諧に初めて心の世界を開いた。のちに蕉風開眼としてたたえられるように、古池の句は芭蕉にとってばかりではなく俳諧史における画期的な一句だった。この古池の句で初めて開いた心の世界を芭蕉はみちのくで思う存分に展開してみようとしたのではなかったか。

3

　では、なぜ心の世界を展開する舞台としてみちのくが選ばれたのだろうか。その最大の理由はみちのくが歌枕の宝庫であったからだろう。

『おくのほそ道』に登場するみちのくの（白河の関から先の）歌枕を浄瑠璃の道行き風に拾ってゆけば――（これよりしばし文語調、旧仮名遣ひで）白河の関越ゆればまづ阿武隈川、会津峰（あいづね）を左に望み行き行けば浅香山、安達が原の黒塚、しのぶ文字摺の信夫の里、二股の武隈（たけくま）の松、名取川を渡りて宮城野の玉田、横野、文字かすかなる壺の碑（いしぶみ）、野田の玉川跳び越えて、乾く間もなき沖の石、波越さじとは末の松山、煙立つ塩竈の籬（まがき）が島、うらうらと笑ふがごとき松島の雄島が磯、栗原の栗根の松の人ならば緒絶（おだえ）の橋を徒渡（かちわた）り、黄金花咲く金華山、北上川の袖の渡（わたり）、尾駮（おぶち）の牧、真野の萱原うち過ぎて、平泉なる衣川、はた衣が関、言はでもがなの岩手（いわで）の里、山中なれど小黒崎また美豆（みづ）の小島――という具合に、みちのくには歌枕が目白押し。帰りに日本海側へまわれば北国街道に沿ってさらにいくつもの歌枕が待っているだろう。

歌枕とは古くから和歌の世界で歌われてきた全国各地に散らばる名所や旧跡である。遠い北国に松の小島の散らばる入海があるという話が商人や地方官によって京の都へもたらされる。この風聞と松島という名前が想像力を刺激して歌人たちの心の中にいつしか松島という多島海が浮かび上がる。

まつしまやをじまのいそにあさりせしあまのそでこそかくはぬれしか
源　重之（『後拾遺集』）

松島や小島が磯に寄る浪の月の氷に千鳥鳴くなり
俊成女（しゅんぜいのむすめ）（『俊成卿女家集』）

源重之（?―一〇〇〇）は三十六歌仙の一人。宮廷人には珍しく旅を好み、最後は陸奥の国で没している。松島へも実際に訪れたことがあった。一方、俊成女（生没年未詳）は藤原俊成（一一一四―一二〇四）の養女であった人。みちのくの松島、白河の関はいうも愚か、東国の歌枕さえその目で見たことはなかったろう。

宮廷の歌人たちはたいてい都の外へは出たがらない人々だったから歌枕など見たこともなかったが、それは何のさしつかえにもならなかった。それどころか、想像力を働かせるにはその方がかえって好都合だった。

歌枕ができるには、まず歌人たちが想像力をたくましくすることのできる美しい地名と、旅人たちによって伝えられるかすかな消息があれば十分だった。歌枕の中にはどこにあるのか、ありかがあやふやなものも一つや二つではない。はっきりいって歌枕は地上のどこにも存在しなくてもよかったのである。

4

『おくのほそ道』の旅で芭蕉がみちのくを訪ねたとき、歌枕の多くはすでに荒れ果てて廃墟と化していた。跡さえわからないものも少なくなかった。多賀城跡から発掘された壺の碑（いしぶみ）を目の当たりにした芭蕉はこう書き記す。

> むかしよりよみ置る哥枕おほく語伝ふといへども、山崩、川流て、道あらたまり、石は埋て土にかくれ、木は老て若木にかはれば、時移り、代変じて、其跡たしかならぬ事のみを、爰に至りて疑なき千歳の記念、今眼前に古人の心を閲す。

ここで芭蕉は歌枕が荒廃してしまったのを時の流れのせいにしているが、歌枕の中には初めから荒れ果てていたものやさらにもともと存在しなかったものも少なくないのである。

歌枕がみちのくに多いのは、みちのくが道の奥、都人にとっては遥か彼方の未知の国であり、宮廷の歌人たちにはあるのかどうかさえ怪しい土地だったからである。何よりもこのことが歌枕とは時間と空間の遥か彼方に出現する想像上の名所であることを裏付けている。芭蕉は古池の句で開いた心の世界をこの想像力の領域であるみちのくという檜舞台で展開しようとしたのにちがいない。

芭蕉は伊賀上野の生まれであるから上方や東海道は若いころから何度も行き来した馴染み深い土地だった。『おくのほそ道』の旅に出る前、古池の句を詠んだ翌年の貞享四年（一六八七年）から翌々年にかけてもこの一帯をめぐっている。これが『笈の小文』の旅である。

旅人と我名よばれん初しぐれ　　芭蕉

この句をはじめ、芭蕉は『笈の小文』の旅の途上、心の世界を映した古池の句と同じ型の句をいくつも詠んだ（第四章参照）。そこで『笈の小文』の旅から帰ると、今度はみちのくで心の世界に思う存分浸ろうとしたのではなかったか。

そこは歌枕という想像力によってはぐくまれた名所の宝庫であった。

たしかに芭蕉の時代ともなると、みちのくといえども歌枕が生まれたころのような辺鄙な土地ではなかった。しかし、少なくとも芭蕉にとってそこは一度も足を踏み入れたことのない土地だった。書物や人づてでしか知らない土地。心を遊ばせるのにこれほどふさわしい場所はないだろう。

5

芭蕉が上方からの帰り、信州更科の姨捨山で仲秋の名月を眺めてから江戸に帰り着いたのは貞享五年（一六八八年）八月も末のこと。一と月後の九月末、元号は元禄と改まる。翌元禄二年春、長旅の疲れを癒す間さえ惜しむかのようにして芭蕉はみちのくへ旅立つ。

『おくのほそ道』の書き出しには「春立る霞の空に、白川の関こえんと」とあり「松島の月先心にかゝりて」とある。これは『おくのほそ道』の中だけの潤色ではなかったようで、実際に出発前に書いた手紙にはまだ見ぬみちのくの歌枕、ことに松島への恋々たる思いがつづられている。

> 弥生に至り、待侘候塩竈の桜、松島の朧月、あさかのぬまのかつみふくころより北の国にめぐり、秋の初、冬までには、みの・おはりへ出候。
>
> （伊賀上野の門弟猿雖宛てと推定される書簡、元禄二年閏正月か二月初旬）

拙者三月節句過早々、松嶋の朧月見にとおもひ立候。白河・塩竈の桜、御浦やましかるべく候。
（尾張熱田の門弟桐葉宛て書簡、同年二月十五日）

松嶋の月の朧なるうち、塩竈の桜ちらぬ先にと、そぞろにいそがしく候。
（惣七郎〈猿雖〉と宗無の連名宛て書簡、同年二月十六日）

「松島の朧月」という文句が繰り返し出てくる。このおよそ一と月後、芭蕉はみちのくへ旅立つ。出発の間際にはこんな句も詠んでいる。

あさよさを誰まつしまぞ片ごゝろ　　芭蕉

朝に夜に松島で誰かが私を待ってくれているからだろうか、あの松島が恋しくてならない。芭蕉はそれほど松島に心ひかれていた。塩竈も白河の関もさることながら松島こそは歌枕の中の歌枕だった。

こうして訪れたみちのくで芭蕉は古池の句で開いた心の世界を次々と新たな句に詠んだ。

風流の初やおくの田植うた　芭蕉

早苗とる手もとや昔しのぶ摺（ずり）

みちのくの追憶の柱ともいうべきこの一対の句についてはすでにみた。

夏草や兵（つわもの）どもが夢の跡　芭蕉

平泉で詠んだこの句もまた古池の句と型を同じくする句である。ここには音こそ詠まれてないものの「夏草や」は目の前に広がる実景。これに対して「兵どもが夢の跡」は芭蕉の心の中の景である。「夏草や」が「蛙飛（かわずとび）こむ水のおと」に当たり、「兵どもが夢の跡」は「古池や」に当たる。

『『おくのほそ道』解釈事典』によると、この「兵ども」をめぐって三つの説があるらしい。

①義経の臣下のみを指す
②義経の臣下とその他藤原氏の人々も含めて指すとする
③表の意としては義経主従の戦死にかかわっているが、芭蕉の胸中にはその間自然と藤原三代の栄華が夢のごとくに亡びてしまったはかなさを思う気持ちがあったはずであるとする

ここで「兵ども」が誰であるかを解き明かす鍵は「兵どもが夢の跡」の「夢」だろう。芭蕉はここでまず

三代栄耀一睡の中にして、大門の跡は一里こなたに有。秀衡が跡は田野に成て、金鶏山のみ形を残す。

と藤原氏の栄華の跡をつづったあと

偖も義臣すぐつて此城にこもり、功名一時の叢となる。「国破れて山河あり、城春にして草青みたり」と、笠打敷て、時のうつるまで泪を落し侍りぬ。

として、この句をすえた。

　この句の「夢」には二つの意味が二枚の薄衣のように重なり合っている。一つは「兵ども」が夢のようにはかなく消えてしまったという意味の「夢」。この「夢」は「つゆと消え果る」というときの「つゆ」と同じく「はかなく」という意味である。

「夢」のもう一つの意味は「兵ども」が夢見たもの。実現しようとして戦い、ついにはそのために命を落とした「夢」である。

　第一の意味での「夢」に関してはここでは問題がない。奥州藤原氏も義経主従もどちらも夢のように消え去ったからである。ところが、第二の意味での「夢」は、そう簡単にはゆかない。この「夢」を見たのが誰か、奥州藤原氏とするか義経主従とするかでこの句の印象がかなり違ってしまうからである。ということは、逆にこの「兵ども」が奥州藤原氏か義経主従か、そのどちらであるかを決める手がかりになる。

私の結論から先に明かすと、「兵ども」とは芭蕉が今たたずむ高舘(たかだち)で討ち死にした義経主従だが、「夢の跡」とは奥州藤原氏の栄華の夢の跡である。これは三つの説の中の③に近い。

もしこの句に「夢」という言葉がなく、もし「兵どもが跡」であれば私もこれを義経主従とするのに躊躇しない。しかし、「夢の跡」となるとそうはいかない。「夢」の一語が義経にはそぐわないという気がしてならないからである。

たしかに戦の上手ではあったが、源平争乱の戦後構想をもたなかった義経に果してどんな夢があっただろうか。義経は静御前を見捨てて逃亡を続けた。しいていえば戦に勝つこと、自分が生き延びることだけが義経の夢だったのではなかろうか。それが芭蕉がここで「夢の跡」といったものだったかどうか。

それよりも都を遠く離れたこのみちのくに黄金王国を築こうとして敗れた藤原氏の方こそ「夢」にふさわしい。義経主従の戦の「夢の跡」とするより、理想の国の「夢の跡」と解した方がこの句の世界は格段に深まるだろう。

「兵どもが夢の跡」は、一つの思い出に別の思い出が紛れこむように義経主従の「兵ども」が「(戦の)跡」に藤原氏の「(栄華の)夢」が侵入した形なのだろう。これがこの句の味わいを重層的なものにしている。

芭蕉は『笈の小文』で試みたようにその一句一句に心の世界を託すばかりではなく、今度のみちのくの旅では半年に及ぶ旅全体、『おくのほそ道』という紀行文全体を心の世界へと昇華させようとしていた。芭蕉にとってみちのくとは三年前、貞享三年の春の日に突然心に浮かんだ古池の幻が姿を変えたものだったった。

第六章　岩にしみ入蟬の声

I

山形領に立石寺と云山寺あり。
（『おくのほそ道』）

『おくのほそ道』の旅を続ける芭蕉と曾良は元禄二年（一六八九年）夏、山刀伐峠を越えて出羽の国に入る。二人は尾花沢からそのまま西へ日本海側の酒田へ出ることもできたが、寄り道をしていったん南下し山形領の立石寺を訪ねた。

この寺は九世紀半ば、清和天皇の勅願によって慈覚大師が開いた天台宗の古刹である。天空へ突き出す巨大な凝灰岩の岩山に九十九折れの石段をめぐらせて岩頭の堂々を結ぶ、仙人の山さながらの奇観である。ただ山寺ともいう。

日いまだ暮ず。梺の坊に宿かり置て、山上の堂にのぼる。岩に巌を重て山とし、松栢年旧、土石老て苔滑に、岩上の院々扉を閉て物の音きこえず。岸をめぐり、岩を這て、仏閣を拝し、佳景寂寞として心すみ行のみおぼゆ。

閑さや岩にしみ入蝉の声

この句はふつう「閑さの中で岩にしみ入るような声で蝉が鳴いている」と解される。新編日本古典文学全集の『松尾芭蕉集②』は「紀行・日記編」「俳文編」「連句編」から成るが、このうち、『おくのほそ道』を含む「紀行・日記編」は井本農一、久富哲雄校注・訳。そこではこの句をこう訳す。

夕暮れの立石寺の全山は、物音一つせず静まりかえっている。そのむなしいような静寂の中で、ただ蝉の鳴声だけが、一筋、岩にしみ透るように聞える。

この訳だと、句の「閑さや」を「閑さの中で」として訳したことになる。すなわち、「閑さや」の切字「や」の存在を無視したことになるのではなかろうか。なぜこう訳したか。考えてみると、まず地の文に「岩上の院々扉を閉て物の音きこえず」さらに「佳景寂寞として」とあるからだろう。この地の文を拠りどころとして「閑さ」を「夕暮れの立石寺の全山は、物音一つせず静まりかえっている」といいかえた。「そのむなしいような静寂の中で」蟬が岩にしみいるような声で鳴いている。

しかし、芭蕉が地の文に「岩上の院々扉を閉て物の音きこえず」と書いたからといって句の「閑さ」をこれと直結させ、この「閑さ」を「岩上の院々」の静寂ととるのは短絡的すぎはしないだろうか。これでは芭蕉の名句が地の文の要約であり、繰り返しになってしまう。

確認しておきたいのは、『伊勢物語』のような王朝の歌物語にしても『おくのほそ道』のような江戸の紀行文にしても、まず歌があって文があり、句があって文がある。決して文があって歌や句があるのではないということ。

そこで、『松尾芭蕉集②』の訳を改めて見直すと、この訳は二つの切れを見落としていることがわかる。一つはすでに指摘した切字「や」のもたらす切れであり、もう一つは句と地の文の間にある切れである。この訳はたしかに『おくのほそ道』の地の文には忠実なのだろうが、芭蕉の句には忠実ではないといわざるをえない。

「閑さや」の句は今まで蟬は一匹か複数か、はたまたアブラゼミかミンミンゼミかなど主に「蟬の声」をめぐって論議されてきたが、これでは肝心の句の構造という土台をおろそかにしたまま枝葉末節をあげつらってきたことになるだろう。

2

「閑さや」の句は「閑さの中で岩にしみ入るように蟬が鳴いている」というのではなく、「岩にしみ入るように鳴く蟬の声を聞いて天地の閑かさに気がついた」といっているのではないか。

芭蕉は夏の日の午後、炎天にそびえる岩山に登って山上でしばし休んだ。あたりでは蟬が岩にしみ入るような声で鳴いている。耳を澄ますと、蟬の声の彼方に夏の天地の大いなる静寂が広がっていた。それは芭蕉のいる岩山をとり巻く宇宙の静寂そのものだった。この大いなる天地の静寂こそがこの句の「閑さ」だろう。

『松尾芭蕉集②』は、芭蕉は「閑さ」の中で「岩にしみ入蟬の声」を聞いたと考えた。しかし、そうではない。芭蕉はこのとき、「岩にしみ入蟬の声」をきっかけにして急に開けた「閑さ」に驚いたのである。一つの音によって別の音の不在に気がつく。芭蕉は岩山の上で「岩にしみ入蟬の声」を聞いて天地に広がる「閑さ」に気がついた。その驚きこそがこの句の「閑さや」だった。

俳句ではものごとが起こった順番どおりに言葉が並んでいないことがよくある。まず驚いたことを頭にもってくる。この句の場合、それが「閑さや」である。続けてそのきっかけとなったものを添える。それが「岩にしみ入蟬の声」だった。

尾形仂氏の『おくのほそ道評釈』（角川書店）はこう訳す。

何という静けさ。ふと気がつけば、この静寂の中で蟬の鳴き声のするのが、あたかも四囲の苔むした岩石の中へと沁み透ってゆくかのような気がする。あたりの静寂はいっそう深く、自分の心も澄み切って、自然の生命の中へと融け込んでゆくかのようだ。

これも順序が逆ではなかろうか。芭蕉は蟬の声にふと気づいたのではなく、天地の静寂にふと気づいたのである。

古池の句も「閑さや」の句と同じ順で言葉が並んでいる。芭蕉は蛙が水に飛びこむ音を聞いて心の中に古池を思い浮かべた。発生の順番はまず蛙が水に飛びこむ音がして、次に古池が心に浮かんだ。しかし、句の言葉の順はその逆である。

古池や蛙（かわず）飛（とび）こむ水のおと　　芭蕉

まず「古池や」と打ち出してから「蛙飛こむ水のおと」をおいた。だからといってこの句は「古池に蛙が飛びこんで水の音がした」というのではない。やはり「蛙が水に飛びこむ音を聞いて古池の面影が心に浮かんだ」といっているのである。

「閑さや」の句を「閑さの中で岩にしみ入るような声で蟬が鳴いている」と解するのは古池の句を「古池に蛙が飛びこんで水の音がした」と訳すのと同じだろう。

3

「閑さや」の句は言葉の順序だけでなく、発想自体が古池の句によく似通っている。芭蕉は立石寺の岩山の上で蟬の声を聞きながら広大な天地の静寂に耳を澄ました。この句の「岩にしみ入蟬の声」は芭蕉のまわりで今しきりに鳴いている現実の蟬の声であるが、「閑さ」は芭蕉が心の耳を澄ませた天地の静寂である。

古池の句では蛙が飛びこんだ水の音が芭蕉の心に古池の面影を呼び覚ましたのであるが、この「閑さや」の句でも蟬の声という現実の音が心の世界を開いたことになるだろう。芭蕉は「蟬の声」という音をきっかけにして天地の「閑さ」に心の耳を傾けたのである。

「閑さや」の句を古池の句と並べてみると、まず「閑さや」が「古池や」に当たり、「岩にしみ入蟬の声」が「蛙飛こむ水のおと」に相当する。芭蕉は立石寺でも三年前の貞享三年(一六八六年)春に詠んだ古池の句と同じ型の句を詠んだことになる。蕉風開眼の一句といわれる古池の句がここでも姿を変えて「閑さや」の句になった。

曾良のメモによると、この句は初め

山寺や石にしみつく蟬の声

という形だったという。この初案の「山寺や」はここが山寺であることを説明しているだけの言葉である。この形では「山寺」も「石にしみつく蟬の声」もともに現実のものであるから一応「山寺や」と切字「や」で切ってはいるが、これはいわば形式的な切字であり、格好だけの切れにすぎない。句の中身は

山寺の石にしみつく蟬の声

といえば十分。

ところが、芭蕉はこの初案を『おくのほそ道』では

閑さや岩にしみ入蟬の声

と改めた。この推敲がこの句の構造を解き明かす鍵になる。

初案と最終の形、二つの句を並べてみると、芭蕉は初案の「石にしみつく」を「岩にしみ入」に変え、上五の「山寺や」を「閑さや」と改めたかのようにみえる。しかし、ここで芭蕉がこの句に加えた鉈(なた)はそんな言葉の置き換えでは

なかった。この句のもっと深いところに及ぶ作り変えだった。

芭蕉は立石寺で「山寺や石にしみつく蟬の声」と詠んだ。これを推敲してゆくうちに、この初案全体、「山寺や」から「蟬の声」までをぐっと凝縮した「岩にしみ入蟬の声」ができたのである。決して単純に「山寺や」を「閑さや」と置き換えたのではない。そこで上五を何とするか案じているうちに「閑さや」という上五が浮かんだ。

ここで思い出すのは支考が『葛の松原』に書き記した古池の句の誕生の経緯である。それによると、古池の句も「蛙飛こむ水のおと」が先にできて、そのあとから「古池や」がかぶせられた。それと同じように「閑さや」の句も推敲の過程でまず「岩にしみ入蟬の声」ができて「閑さや」がかぶさった。

4

『おくのほそ道』には平泉で折り返して出羽に入るあたりから立石寺での句に続いて天地の静寂をとらえた大柄な句がいくつか並んでいる。

雲の峰幾つ崩(くずれ)て月の山　　月山
暑き日を海にいれたり最上川　　酒田
荒海や佐渡によこたふ天河(あまのがわ)　　出雲崎

芭蕉がまだ談林にかぶれていたころの句に比べると、何と深閑として空しい大きな句だろうか。貞門の言葉遊びや談林の悪ふざけと比べると雲泥の差がある。貞享三年春の古池の句によって開眼した芭蕉の句風は『おくのほそ道』の旅の間に宇宙を包みこむまでになったのである。

元禄二年八月、芭蕉は美濃の大垣に到着し『おくのほそ道』の旅を終える。このときから元禄四年（一六九一年）九月、江戸へ発つまでの二年間、芭蕉は上方にとどまり、故郷の伊賀、京、近江の間を行き来して過ごす。

上方滞在中のこの二年間に芭蕉は二つの選集の編集に取り組んだ。一つは近江膳所(ぜぜ)の珍碩(ちんせき)（のちの洒堂(しゃどう)）を編者とした『ひさご』、もう一つは京の去来と凡兆を選者とする『猿蓑』である。

『ひさご』は歌仙五巻を収めるだけの瀟洒な歌仙集であるが、『猿蓑』は発句三百八十二句のほか歌仙四巻、俳文三篇を収める本格的な俳諧俳文集である。『猿蓑』は古池の句で開眼し、『おくのほそ道』の旅で発展させた蕉風の俳諧を世に問う重要な選集だった。

芭蕉の死後のことになるが、去来は

> 故翁奥羽の行脚より都へ越えたまひける、当門のはい諧すでに一変す。我ともがら笈を幻住庵にになひ、杖を落柿舎に受て、略そのおもむきを得たり。『瓢』、『さるみの』、是也。（『俳諧問答』）

と誇らしげに書いている。ここに出てくる幻住庵とは膳所藩の重臣であった曲水（のちの曲翠）が芭蕉に提供した国分山の麓の草庵。芭蕉の『幻住菴記』に「石山の奥、いはまの後に山有。国分山といふ」とあるとおり、石山の奥にあった。

落柿舎は京の嵯峨野にあった去来の別荘である。『猿蓑』の編集にいそしむ去来と凡兆の京の仕事場はのちに章を改めてのぞいてみることにしよう。

5

さて

京にても京なつかしやほとゝぎす　芭蕉

芭蕉は元禄三年（一六九〇年）六月初め、国分山の幻住庵を出て京へ上り、十九日まで滞在した。その翌日、幻住庵に帰ってから金沢の小春（しょうしゅん）に出した手紙にこの句をしたためた。小春は『おくのほそ道』の旅の途上、芭蕉が金沢を訪れた際に入門したまだ二十代半ばの薬種商竹屋の若主人である。この句の「京にても京なつかしや」、京にいても京がなつかしいとはどういうことなのだろうか。

新編日本古典文学全集の『松尾芭蕉集①』はこう訳す。

ほととぎすを京の都で聞くのは、格別の趣があることだ。現在、京にいるのに、それでもなお京はいいなあとなつかしく思うことだ。

読者はこの二つの京の違いが知りたいのに、この訳はこの疑問に応えていない。「京にいるのに、それでもなお京はいいなあとなつかしく思う」とは俳句をそのまま散文に直しただけのことである。

山本健吉は『芭蕉全発句』（河出書房新社）下巻で、この句についてこう解説する。

現在、京にいながら、たまたま時鳥の声を聞いて京なつかしさの思いがこみ上げたのである。素性法師の作に「いそのかみ古きみやこのほととぎす声ばかりこそ都なりけれ」（古今集）の歌もあり、時鳥の声が古都の懐古の情を誘うのだ。いま現実にある京都が、時鳥の声によってたちどころに昔の京都と化するのである。今昔二つの京の思いに発想した句である。

山本の解説のとおり、この句は今の京にいてもなお昔の京がなつかしいという句である。端的にいえば「京にても京なつかしや」の初めの「京」は今の京、あとの「京」は昔の京をさしている。

芭蕉の手紙を読んだ金沢の若い弟子はこの句から次のような芭蕉の言葉を聞きとったはずである。都にほど近い国分山の幻住庵にいると京の都がなつかしくてしかたがない。しかし、こうして都に出てきてもその思いは癒されるどころかかえって慕るばかり。どうやら私がなつかしんでいたのは今の京ではなく昔の京だったようである。ほととぎすの声を聞くと昔の京のたたずまいがまざまざと心の中によみがえる。

ここで忘れてならないのは、この句もまた古池の句と同じ発想の句であるということである。蛙が水に飛びこむ音を聞きながら古池という心の世界が開けたように、ここではほととぎすの声という一つの音によっていにしえの京の都が心の中によみがえる。

山本の解説にある「いま現実にある京都が、時鳥の声によってたちどころに昔の京都と化するのである」とはその点を指摘している。ただ、山本が引用している素性法師の歌は『古今集』では「声ばかりこそ都なりけれ」ではなく「こゑばかりこそむかしなりけれ」となっている。

いその神ふるき宮この郭公こゑばかりこそむかしなりけれ　素性法師

「ならのいそのかみでらにて郭公のなくをよめる」という詞書がある。京ではなく奈良で詠まれた歌である。京に都があった時代、「ふるき宮こ」(古き都)といえば奈良のこと。「こゑばかりこそむかしなりけれ」とは旧都のすべてが移り変わってしまったが、ほととぎすの声だけが今も昔のままであるというのだろう。芭蕉の「京にても」の句と同じく、ほととぎすの声を聞いて昔をなつかしむ歌である。

みちのくへ旅立った芭蕉について江戸を出たまま、すっかり上方に長居してしまった。次章ではふたたび貞享三年(一六八六年)春の深川芭蕉庵に立ち返って、古池の句を別の観点から眺めてみることにしたい。

第七章　一物仕立てと取り合わせ

I

誰でもうすうすと感じているのに、いわれるまでは気づかないが、いわれてみるとはっと驚くことがある。俳句をはじめとして詩とはこの「いわれてみるとはっと驚く」ような言葉のことである。

あききぬとめにはさやかに見えねども風のを(お)とにぞおどろかれぬる　藤原敏行

『古今集』秋の歌の巻頭にあるこの歌は秋の訪れを知らせる風の音にはっと驚

いたという歌である。それはかりではない。読者はこの歌にはっと驚く。なるほど、詠われているとおり秋の訪れは目には見えないが、たしかに風の音でわかる。まさに詩の原点を示している歌だろう。

貞享三年（一六八六年）春、深川の芭蕉庵で

蛙（かわず）飛（とび）こむ水のおと

とつぶやいたまま、さてこの上五を何としたものか、ほんのしばらく沈思したとき、芭蕉はこの句のはっと驚く上五を探していた。やがて「古池や」という上五が見つかって

古池や蛙飛こむ水のおと

という句が生まれたとき、そこに居合わせた数人の人々はそれこそはっと息を呑んだ。その驚きは「古池や蛙飛こむ水のおと」という句への驚きであったと

ともに、ここで芭蕉が新しい句風を開いたことへの驚きでもあった。その驚きが水の音のように広がってやがて世界中にゆきわたることになる。

2

俳句が誕生してから今までに星の数ほどのというと大袈裟だが、かなりの数の句が詠まれた。しかし、いくら多くの句が詠まれようとも、また、それらの句が千差万別であろうとも俳句にはたった二つの型しかない。その二つとは一つの素材だけを詠む一物（いちぶつ）仕立てと二つの素材を詠む取り合わせである。芭蕉の句でいえば、一物仕立てとは次のような句をさす。

行春（ゆくはる）を近江の人とおしみける　芭蕉

この句は「近江の人と行く春を惜しんだ」という一つの素材を詠んでいる。散文の中から十七音だけを切り取ったような形をしている。いわば散文に近い形式である。

これに対して、取り合わせとは次のような句である。

やまざとはまんざい遅し梅花(うめのはな)　芭蕉

この句は「やまざとはまんざい(万歳)遅し」と「梅花」という二つの素材でできている。この二つはもともと何の関係もないが、俳句という一つの器に一緒に盛られると、互いに照らし合って一つの世界を醸し出す。

万歳とは昔、正月に家々を訪れて初春をことほぎ、その家が千年も万年も栄えるようにと祝言をのべた門付け。町には年が明けるとすぐやってくるが、山里では初春もやや進んでから訪れる。「やまざとはまんざい遅し」とはこのあたりはそんなのどかな山里であるというのである。しかし、「やまざとはまんざい遅し」だけでは山里をただ説明しているにすぎない。

ところが、これに「梅花」が取り合わせられると、山里の初春の景色がぱっと目に浮かぶ。山里は梅の花の咲くのも遅いが、万歳がやってくるのも遅い。

遅い梅の花が咲くころになって万歳もやってくる。ここでは「やまざとはまんざい遅し」は「梅花」によって、一方、「梅花」は「やまざとはまんざい遅し」によって互いに息を吹きこまれて生きた景色に変じている。こうした句が取り合わせの句である。

詩とははっとする言葉であるという先ほどの話と合わせると、一物仕立ての句とは一句の内容にはっとする句である。これに対して、取り合わせの句は言葉と言葉がはっとする関係で結ばれている句である。一物仕立ての句は内容の句であり、取り合わせの句は関係の句であるということができるだろう。

音にたとえれば、一物仕立ての句は単一の音であるのに対して、取り合わせの句は言葉と言葉が奏でる和音。なるほど単一の音の世界も捨てがたいが、世界にはそれだけではとらえられないものがある。取り合わせとは単一の音で言い尽せないものを表わす形式なのである。

俳句はこの取り合わせという手法を獲得したことによって一物仕立ての網で掬いきれない複雑なことや微妙なことも自在に言い表わすことができるようになった。言葉と言葉の関係は無限に築き上げることができるからである。取り合わせによって俳句の可能性は果てしなく広がった。

3

俳句は言葉の海から十七音の言葉を切り出したものであるから、あらゆる俳句はその始まりと終わりで切れる。さらに取り合わせの句は二つの素材を詠むから、この前後の切れのほかに句の途中の切れ、いわば「句中の切れ」がある。「やまざとはまんざい遅し梅花」では「やまざとは」の前と「梅花」のあとのほかに「まんざい遅し」と「梅花」の間でも切れる。

これに対して、一物仕立ての句は「行春を近江の人とおしみける」のように一つの素材を詠むから、「行春を」の前と「おしみける」のあとで切れるだけで句中の切れはない。ところが、ややこしいことに一物仕立てでも句中の切れのある句がある。

石山の石より白し秋の風　　芭蕉

この句は「秋風が石山の石より白い」という意味の一物仕立ての句である。この句はもともと

石山の石より白き秋の風

という形だったはずである。この「石より白き」を「石より白し」としてここで切って「石山の石より白し秋の風」という句が生まれた。つまり、この句は一物仕立ての句だが、「石山の」の前と「秋の風」のあとのほかに「石より白し」と「秋の風」の間でも切れる。この句は一物仕立てなのに取り合わせの句のように句中の切れがある。

一方、取り合わせの句の中には句中の切れがわかりにくくなっている句がある。

さまぐ〵の事おもひ出す桜かな　　芭蕉

この句は桜がさまざまのことを思い出すといっているのではない。桜を見ているとさまざまのことが思い出されるという句であって、さまざまなことを思い出すのは作者の芭蕉である。「さまぐ〵の事おもひ出す」と「桜」は本来、別々の二つの素材であるから、この句は取り合わせの句である。

たしかにそうだが、「さまぐ〵の事おもひ出す」の「おもひ出す」は連体形で文法上は「桜」にかかる。つまり、意味上は「さまぐ〵の事おもひ出す」と「桜」の間で切れるのに文法上はその切れがなくなっている。それで一物仕立てのようにもみえる。しかし、あくまで取り合わせの句なのである。

そこで、一物仕立てと取り合わせにそれぞれの変型を加えると俳句には次の四つの型があることになる。斜線／は切れの位置を示している。

①一物仕立て（句中の切れなし）

例　行春を近江の人とおしみける

②一物仕立ての変型（句中の切れあり）

例　石山の石より白し／秋の風

③取り合わせ（句中の切れあり）

例　やまざとはまんざい遅し／梅花

④取り合わせの変型（表面上、句中の切れなし）

例　さまぐ〳〵の事おもひ出す桜かな

ありとあらゆる俳句はこの四つの型のどれかに当てはまることになる。ただ具体的にどの句がどの型か見分けるときに、まぎらわしいのは一つは②一物仕立ての変型と③取り合わせ。この二つはどちらも句中の切れがあって、取り合わせの句のようにみえる。

区別が難しいもう一つは①一物仕立てと④取り合わせの変型。取り合わせの変型では、句中の切れは表面上、見えなくなっているので、一物仕立てのようにみえる。

では

古池や蛙飛こむ水のおと　芭蕉

この句には「古池や」のあとに句中の切れがあるが、これは③取り合わせなのか②一物仕立ての変型なのか。また

田一枚植て立去る柳かな　芭蕉

この句には句中の切れはないようにみえるが、①一物仕立てなのか④取り合わせの変型なのか。

4

芭蕉最晩年の弟子の一人に許六という人がいる。彦根藩士で元禄五年（一六

九二年）八月、主君の参勤交代に伴って江戸に出たとき、深川の庵に芭蕉を訪ねて入門した。芭蕉は前年十月、『おくのほそ道』の旅の出発から三年半ぶりに江戸に戻り、もとの草庵の近くに建った新しい芭蕉庵に住んでいた。このとき、許六三十六歳、芭蕉は四十八歳。芭蕉の死のわずか二年前のことである。

その許六が芭蕉の死後、古参の弟子の去来と交わした『俳諧問答』という問答集がある。応酬の中で許六は芭蕉があるとき

> 発句は畢竟取合物とおもひ侍るべし。二ッ取合て、よくとりはやすを上手と云也。
> （「自得発明弁」）

と語ったと書いている。

一方、去来はその二年後に『旅寝論』を書き、芭蕉が

> 洒堂、武府（江戸）にまかりけるに先師告て曰、「汝がほつ句皆、物二ッ三（を）ッを取合てのみ句をなす。発句は只、金を打のべたる様に作すべし」とお

しへ給へり。

と記した。

許六が伝える「発句は畢竟取合物とおもひ侍るべし」という芭蕉の言葉は、俳句は結局みな取り合わせであるというのである。これに対して、去来が伝える「発句は只、金を打のべたる様に作すべし」という芭蕉の言葉は黄金の延べ棒のように句に継ぎ目がないこと、句中の切れのない句こそ発句であるといっているように読める。この二つの芭蕉の言葉は互いに矛盾するようにきこえる。芭蕉は一物仕立てと取り合わせの問題についてどう考えていたのだろうか。

すでにみたとおり俳句には一物仕立てと取り合わせという二つの型があり、芭蕉自身、どちらの句も満遍なく詠んでいるのであるから、許六が伝える「発句は畢竟取合物とおもひ侍るべし」という芭蕉の言葉にはどこかに誇張があるとみなければならないだろう。

一方、去来が伝える「発句は只、金を打のべたる様に作すべし」という芭蕉の言葉についてみると、たしかにこの言葉は句中の切れを退けているようにも聞こえる。先ほどの分類でいえば、②一物仕立ての変型と③取り合わせがこれに当たる。

しかし、句中の切れがあっても「金を打のべたる様に」詠まれている句はいくらもある。何よりも「石山の石より白し秋の風」（②一物仕立ての変型）や「やまざとはまんざい遅し梅花」（③取り合わせ）という芭蕉自身の句がこれを証明しているだろう。これらの句を芭蕉みずから否定したとは思えない。

そうなると、この去来が伝える「金を打のべたる様に」とは「二ッ三ッを取合」せただけの安易な取り合わせを戒めた言葉ではなかろうか。だからこそ、許六が伝えるように芭蕉は「二ッ取合て、よくとりはやすを上手と云也」といったのだろう。この「とりはやす」とは座を取り持つこと。ここでは二つの言葉を効果的に結びつけることをいう。芭蕉は取り合わせは安易にせず、よく吟味せよといっているのである。

こうみてくると、去来が書きとめた「発句は只、金を打のべたる様に作すべし」という芭蕉の言葉は許六が伝える「二ッ取合て、よくとりはやす」ことをさしていることになる。

5

古池の句に戻ろう。

古池や蛙飛こむ水のおと　芭蕉

先ほど、この句は一物仕立ての変型か、取り合わせかという問いを掲げておいた。古池の句は「古池に蛙飛こむ水のおと」という単一の音なのだろうか、それとも「古池」と「蛙飛こむ水のおと」という二つの音の和音なのだろうか。いいかえると、これは古池の句は古池に蛙が飛びこんで水の音がしたという意味に解すべきか、それとも、蛙が水に飛びこむ音を聞いて古池の面影が心に浮かんだという意味なのかという問いでもある。

手がかりが二つある。第一の手がかりは次のとおり。

石山の石より白し／秋の風
やまざとはまんざい遅し／梅花

前の「石山の」がここで問題の一物仕立ての変型であり、あとの「やまざとは」が取り合わせの句だった。二句ともたしかに句中の切れがある。

このうち、取り合わせの「やまざとは」の句をみると、「やまざとはまんざい遅し」はこれだけでまとまった一つの意味をもっていて完結している。これに「梅花」が取り合わせてある。

これに対して、一物仕立ての変型の「石山の」の句は、「石山の石より白し」だけでは何が石山の石より白いのかがわからない。大事な「何が」が欠落している。その結果、これだけでは完結せず、まとまった一つの意味を伝えることができない。

その欠けている「何が」が「秋の風」である。この「秋の風」があって初めて「石山の石より白し」の意味がはっきりする。この句はもともと一つだったものを「石山の石より白し」と「秋の風」に分けた句だからである。

そこで古池の句に目を転じると、「蛙飛こむ水のおと」はこれだけで完結している。蛙が水に飛びこんで音がした。芭蕉はそれに「古池や」を取り合わせた。つまり、古池の句は「やまざとは」と同じ取り合わせの句なのである。

もう一つの手がかりは支考の『葛の松原』に隠されている。そこに書かれた古池の句誕生の場面で芭蕉はまず「蛙飛こむ水のおと」と詠み、そのあとで上五をどうするか思案した。このとき、芭蕉自身もまたその場に居合わせた其角らもみな「蛙飛こむ水のおと」というすでに完結した中下に何を取り合わせるかを考えていたのである。

そこで其角は「山吹や」を勧めたが、芭蕉は最終的に「古池や」に定めた。「山吹」か「古池」か、どちらであれ「蛙飛こむ水のおと」に欠けている何かを探していたのではなかった。もしこの句が一物仕立ての句であり、芭蕉が探したものが「蛙飛こむ水のおと」に欠けているものだったなら一座思案に及ぶまでもなかったろう。「石山の」の句の「秋の風」のように何が欠けているかはすぐわかるはずである。

古池の句では取り合わせるものを探していたからこそ思案した。そして、芭蕉は「古池」を探り出した。

「蛙飛こむ水のおと」は現実の音である。これに芭蕉が取り合わせた「古池」は心の中に浮かんだ景色だった。蕉風開眼とは現実の世界に心の世界を取り合わせたことだったのである。この現実と心の世界の落差こそが古池の句以降の芭蕉の句を陰影深く彩ってゆくことになる。

第八章　田を植えて立ち去ったのは誰か

I

田一枚植（うえ）て立（たち）去（さ）る柳かな　芭蕉

では、「田一枚」の句は一物仕立てか、取り合わせの変型か。前章で掲げておいたもう一つの問題について考えてみたい。田植えのすんだ田んぼのそばに柳が立っている。そこに今し方、田を植え終えて立ち去った人の気配が漂う。そんな句である。この一句だけ取り出してみるのであれば、これで十分。

ところが、この句を『おくのほそ道』の地の文の中に据えると、にわかに様相が一変する。まずその那須のくだりをみておこう。

又、清水(しみず)ながるゝの柳は、蘆野(あしの)の里にありて、田の畔(くろ)に残る。此(この)所の郡守戸部(こほう)某(なにがし)の、「此(この)柳みせばや」など、折〱にの給ひ聞え給ふを、いづくのほどにやと思ひしを、今日(きょう)此(この)柳のかげにこそ立(たち)より侍(はべり)つれ。

田一枚植て立去る柳かな

ここに「清水ながるゝの柳」とあるのは芭蕉の五百年前に西行（一一一八―一一九〇）がこの柳のもとに立ち寄って詠んだといわれる

道の辺の清水流るゝ柳蔭(かげ)しばしとてこそ立ちどまりつれ　　西行

という歌の文句である。『新古今集』夏の歌。地の文の終わりに「今日此柳のかげにこそ立より侍つれ」とあるのも、この歌の面影（「しばしとてこそ立ちどまりつれ」）をもう一度ここで繰り返したのである。

それから三百年後、観世小次郎（一四三五―一五一六）はこの歌をもとにして「遊行柳」という一曲の能を書いた。

諸国行脚の遊行僧が白河の関への道をたどっていると、一人の老人が、昔、一遍上人（遊行上人）が通った古道（ふるみち）があることを教え、朽木（くちき）の柳と呼ばれる柳の古木のもとへ案内する。そこで老人は西行のこの歌を唱え、僧から十念を授けられると柳の塚に消え失せる。十念とは南無阿弥陀仏を十回唱えること。その夜、柳のもとで眠る僧の夢に老柳の精が現れて、十念によって成仏できたことを感謝し舞を舞う。夜が明けると、老柳の精は消えて朽木の柳が立っているばかりだった。

さて、芭蕉の「田一枚」の句で一枚の田を植えて立ち去ったのは誰なのか。この問題をめぐっていくつかの説が対立している。『『おくのほそ道』解釈事典』にまとめられた各説の要点と主唱者をあげると

①「植ゑる」のも「立去る」のも早乙女（農夫）とみる（古注、内藤鳴雪）

②「植ゑる」のは早乙女、「立去る」のは芭蕉とする（櫻井武次郎、雲英末雄、

現在の通説）
③「植ゑる」「立去る」はともに早乙女だが、「立去る」は芭蕉自身の行動を含むとする（久富哲雄）
④「植ゑる」のも「立去る」のも柳（柳の精）とする（山下一海、平井照敏、平川祐弘）
⑤「植ゑる」のも「立去る」のも芭蕉とする（尾形仂、堀切実、宮脇真彦）
「植て」と「立去る」の考えうるあらゆる主体がこの五つの説で網羅されているようにもみえる。

2

五説の中で異彩を放っているのは④の説だろう。ほかの四つの説では「植て」と「立去る」の主体は早乙女としても芭蕉としても人であり、その人が「柳を立ち去る」とみる。ところが、④の説は「柳が田を植えて立ち去る」とみる。常識的には田を植えることも立ち去ることもできない柳という樹木を主体とみるのである。

この説の主唱者の一人として名のあがっている平井照敏は私の最初の俳句の師匠であり、私はかつて実際に那須野の「清水ながるゝの柳の木」を前にして「植て立去る」のは柳という説を平井先生から直々に聞いたことがある。

平井説はかいつまんでいうと、「この句をすなおに読めば、どうしても「田一枚植て立去る柳」と読めてしまう」（『「おくのほそ道」入門』永田書房）ということである。さらに柳が田を植えて立ち去ると解釈する論拠として謡曲「遊行柳」の文句をあげる。

かくて老人上人（しょうにん）の、御十念（おんじゅうねん）を賜はり御前（おんまえ）を立つと見えつるが、朽木（くちき）の柳の古塚に寄るかと見えて失せにけり、寄るかと見えて失せにけり。

これは前半が終わって中入りとなる場面。前ジテの老人はこの文句を謡いつつ舞台の中央に据えられた柳の塚の作り物の中に入る。

露も木の葉も散り散りに、露も木の葉も、散り散りになり果てて残る朽木と、なりにけり。

これは後半の終わり。ここで後ジテの朽木の柳の精は橋掛かりを渡って舞台から立ち去る。

三十年近く前、「清水ながるゝの柳」の何代目かの若木の前に立ち、柳の精が田を植えて立ち去ったという夢のように美しい説を説く先生の姿をなつかしく思い出す。

3

この五つの説を検討しよう。

まず、②、③の説のように「植て」と「立去る」の主体を別と考えるのは不自然ではなかろうか。「植て立去る」とある以上、同一の主体とみなければならないだろう。そこで、②と③は消える。②は現在の通説らしい。

次に、①の説のように早乙女を「植て立去る」の主体とするのも無理があるのではないか。早乙女はこの句にも地の文にも姿を見せないからである。文であれ句であれ作品を読む場合、そこに書かれていることだけを読まなければならない。たしかに、はっきりと書かれていなくても「ほのめかし」ということがしばしばある。ここでは地の文の「清水ながるゝの柳」がそれである。これによって芭蕉は西行の歌をこの場面に呼びこんだ。ところが、早乙女について芭蕉は何も語っていない。田植えだから早乙女がいるだろうと読み手が想像しているだけのことである。①の説も俎上から消えるだろう。

残るのは④の「柳が植えて立ち去る」とする説と、⑤の「芭蕉が植えて立ち去る」とする説の二つだけになった。

このうち、④の説は柳が田を植えるという非現実を現実にする裏付けとして能の「遊行柳」を持ち出す。しかし、たしかに能のもととなった西行の歌は地の文に引用されているが、能の「遊行柳」については句も地の文も一言も触れていない。能の題名の「遊行柳」も謡の文句に出てくる「朽木の柳」も出てこない。この段は西行の歌とは密接にかかわるが、能の「遊行柳」とは関係がないのではないか。仮に「田一枚植て立去る」のが柳であるとしても、ではなぜ柳の精が田植えなどするのかがわからない。

『おくのほそ道』のこの段を「遊行柳の段」と呼ぶのも後世の人が勝手にそうしているだけのこと。芭蕉はここだけでなく段ごとの呼び名などつけなかった。もしどうしても段の名前があった方が便利なら、ここは「清水流るゝ柳の段」「西行柳の段」、もっと簡単に「柳の段」と呼ぶ方が誤解が生じないだろう。

こうして最後に残るのは⑤の説。まず、この説を唱える尾形仂氏の訳をみてみよう。

西行上人は「しばし」とて立ち止まりながらこの柳の陰に長い感慨の時を送ったことだったが、みちのく巡礼の旅の途次にはからずもこの地を踏み得たわたしは、周りの田に下り立ち、そこで働いている早乙女たちに交ざって、せめては田一枚を植える神への奉仕の手わざにこの感激と敬虔の思いを捧げて、無量の思いを残しながら立ち去ってゆくのだ、この柳のもとを。

（『おくのほそ道評釈』）

この説は芭蕉が田を植えて立ち去ったとするのであるが、実際には芭蕉はここで田を植えなかった。そこで尾形氏は田植えを芭蕉の想像上のできごととした。訳文の中に「せめては田一枚を植える神への奉仕の手わざにこの感激と敬虔の思いを捧げて」とあるのがそれである。

柳の残る「田の畔」に立って芭蕉が現実に見たものは、周辺の田に働く早乙女たちの姿であったろう。その早乙女たちの姿の中に自分を移入し、夢幻劇の中における自己の奉仕の姿を想い描いている、そうした心象風景をこの一句に受け取るべきではなかろうかというのが、わたくしの試解である。

（『おくのほそ道評釈』）

これはみごとな解決法である。

五つの説のうち、私はこの尾形説に共感を覚えるが、なお不満に思うのには二つの理由がある。一つは、尾形説では芭蕉は芭蕉自身が田を植えるところを想像したとするのであるが、果してそうか。芭蕉は別のある人物が田を植える場面を想像したのではないか。

4

もう一度、芭蕉その人になって、この柳のもとに立ってみると何が見えてくるだろうか。

まず一本の柳がある。西行が「清水流るゝ」と歌ったその柳のもとで芭蕉はしばし感慨に耽る。やがて心の中に田を植えて立ち去るある人の姿が浮かんだ。それが「田一枚植て立去る」人である。ところが、芭蕉は誰が田を植えたかを句に示さなかった。この誰かとは誰か。

そこで働いてくるのが地の文である。柳の段を読み返すと、芭蕉はまず「又、清水ながるゝの柳は」とあの西行の歌の文句を引いてこの段を書き起こす。「郡守戸部某」（芦野三千十六石の領主芦野民部資俊のこと）が「此柳見せばや」と芭蕉を誘うもの、芭蕉が「いづくのほどにや」とゆかしく思うのも、この柳が西行の歌にある「清水ながるゝ柳」にほかならないからである。さらに、この段は「今日此柳のかげにこそ立より侍つれ」とまたしても西行の歌の文句の変奏で終わる。

柳の段の地の文は西行に始まり西行に終わる。いわば西行尽くしの趣向で書かれているのである。そして、このあとただちに「田一枚」の句が置かれる。となると、「田一枚植て立去る」の主体として、第一に疑わなければならないのは西行ではなかろうか。

この段の地の文は「田一枚」の句の田を植えて立ち去ったのが西行であることを明かしているのだ。それが初めに西行の歌を引き、その終わりでこの歌の余韻をふたたび響かせた理由だろう。五つの説のどれも西行を挙げていないのが私にはかえって不思議でならない。

ところが、田を植えて立ち去ったのは西行だけではない。この西行は実は芭蕉でもある。というのは、芭蕉は柳のもとにたたずみ、その昔、今の自分と同じようにこの木かげで「清水流るゝ」の歌を詠んだ西行を忍ぶうちに、田を植えて立ち去る西行の幻を見た。そして、芭蕉はその西行となってこの地の文をしたため、「田一枚」の句を詠んだからである。

「田一枚」の句で田を植えて立ち去ったのは西行であると同時に芭蕉その人でもあるわけだ。こうして芭蕉は一本の柳のもとで西行になり、五百年前に西行が越えた白河の関へと立ち去る。付け加えておけば、ここで能の「遊行柳」を持ち出す余地はまったくない。

今、私たちが手にする『おくのほそ道』は各段に分けられている。この柳の段は「田一枚」の句をもって終わり、次に白河の関の段が始まる。すると、柳の段は柳の段だけで完結しているかのように錯覚しがちである。その結果、「田一枚」の句は次の白河の関の段とは切れてしまう。

しかし、芭蕉自身は段を改めることなどなく絵巻物のように続けて書いた。句はあとの段とも密接にかかわる。「田一枚」の句は柳の段を締めくくる句であると同時に、みちのくの入口である白河の関の段の先触れでもあることを忘れてはならないだろう。

田一枚植て立去る柳かな

心許なき日かず重るまゝに、白川の関にかゝりて旅心定りぬ。いかで都へ、と便求しも断也。中にも此関は三関の一にして、風騒の人、心をとゞむ。秋風を耳に残し、紅葉を俤にして、青葉の梢猶あはれ也。卯の花の白妙に、茨の花の咲そひて、雪にもこゆる心地ぞする。古人冠を正し衣装を改し事など、清輔の筆にもとゞめ置れしとぞ。

ここで「いかで都へ」とあるのは

たよりあらばいかで宮こへつけやらむけふ白河の関はこえぬと

平　兼盛（『拾遺集』）

という歌をほのめかしている。この白河の関の段ではこの兼盛のほかにも古人の歌の引用がある。

みやこをばかすみとともにたちしかど秋風ぞふくしらかはのせき
　　　　　　　　　　　　　　　　　　能因法師（『後拾遺集』）
みやこにはまだ青葉にて見しかどももみぢ散りしく白川の関
　　　　　　　　　　　　　　　　　　源　頼政（『千載集』）
見で過ぐる人しなければ卯の花の咲ける垣根や白川の関
　　　　　　　　　　　　　　　　　　藤原季通（『千載集』）
別れにし都の秋の日数さへつもれば雪のしら川の関
　　　　　　　　　　　　　　　　　　大江貞重（『続後拾遺集』）

さらに文の最後に「冠を正し衣装を改し事」とあるのは藤原清輔（一一〇四―七七）の『袋草紙』にある話、藤原国行が白河の関を越えたとき、能因法師（九九八―一〇五〇）の「都をば」の歌に敬意を表して着替えをして越えたという故事をさしている。

読者はここでおかしなことに気がつくだろう。それは芭蕉が直前の柳の段と打って変わってここでは西行についてまったく触れていないことである。

しらかはのこずゑをみてぞなぐさむるよしのゝ山にかよふ心を
しらかはの春のこずゑの鶯ははなのことばをきくこゝちする
しらかはのせきやを月のもるかげは人の心をとむる成りけり

西　行（『山家集』）

西行は長い生涯のうちに幾度かみちのくへ赴き、白河の関を越えた。その西行を芭蕉は慕った。それなのに『おくのほそ道』の白河の関の段で一言も触れないどころが、ほのめかすことさえ控えているのである。

芭蕉はこの段に数々の古人の面影を散りばめながら、ここで最も触れられてしかるべき西行、芭蕉みずから最も触れたいはずの西行について沈黙を守った。なぜか。それは芭蕉が今、西行その人となって白河の関を越えようとしているからと考えると納得がゆく。

ここの段の地の文で西行のことに触れれば、芭蕉は西行を客体視することになる。そうなると、西行は芭蕉と別のものとなり、芭蕉西行一体という白河の関での最大の仕掛けが壊れてしまう。そのために芭蕉は直前の柳の段で自分と西行が一体であることを十分に匂わせておいて、本番の白河の関の段では一切触れなかった。

さらに白河の関のすぐ先には、すでに第五章でみたとおり須賀川と信夫(しのぶ)の里での句がある。

風流の初(はじめ)やおくの田植うた　須賀川

早苗とる手もとや昔しのぶ摺(ずり)　信夫の里

『おくのほそ道』の読者はここまで読んできて初めて柳の段に「田一枚」の句があった理由がよくわかる。柳のほとりで芭蕉はなぜ西行となってみずから田を植える幻を見たのか、その謎はここにきて解かれる。「田一枚」の句は白河の関を越えて初めて見ることになるみちのくの田植えの予兆だったのである。

五つの説のうち三つは「植て」「立去る」の主体として早乙女といい、その論拠として柳のまわりの田はちょうど田植えの最中だったはずだからという。そう推定するのは、その先の須賀川、信夫の里でまさに田植えの実景をもとにした句が現れるからだろう。

しかし、柳の段の地の文は、早乙女はいうまでもなく田植えにも一言も触れていない。触れていないということは芭蕉はここで早乙女や田植えを消し去ったということである。なぜ消したかといえば、みちのくの田植えの二句を生かすためにほかならない。それを後世の研究家がこれは早乙女の田植えだなどというのは、せっかくの芭蕉の工夫を台無しにするものではなかろうか。

白河の関以北のみちのくこそが『おくのほそ道』の主題なのである。白河の関より前、柳の段まではその前座ということになる。『おくのほそ道』をつづりながら芭蕉はまずみちのくでの見せ場を念入りに仕立ててから柳の段に「田一枚」の句をそっとすえた。

5

五つの説は誰かが「柳を立ち去る」とみるか「柳が立ち去る」とするかの違いはあるにしても、みなこの句を一物仕立ての句として解釈している。尾形説もこの点はほかの四つの説と同じである。尾形氏はこの句を「芭蕉は心の中で田一枚を植えて柳のもとを立ち去る」と訳している。私が尾形説に不満なもう一つの理由はこの点である。この句は一物仕立ての句ではなく取り合わせの句ではなかろうか。

さまぐ〳〵の事おもひ出す桜かな　　芭蕉

芭蕉が貞享五年（一六八八六年）春、『笈の小文』の旅の途上、故郷の伊賀上野で詠んだ句である。この句は句中の切れが目立たないために一物仕立てのようにみえるが、桜がさまざまなことを思い出すというのではなく、桜を眺めているとさまざまなことが思い出されるという、「さまぐ〳〵の事おもひ出す」と「桜」の取り合わせの句だった。

「田一枚」の句は前年に詠んだこの句とまったく同じ形をしている。二つの句を並べてみれば一目瞭然だろう。「田一枚」の句は一本の柳に見とれているうちに田を一枚植えて立ち去るかのような気分になったというのである。

ここで何者かが立ち去るのは植え終えた一枚の田であって柳を立ち去るのではない。それを「柳を立ち去る」と解しては「田一枚植て立去る」と「柳かな」の間のせっかくの間(ま)が台無しになってしまう。柳の木は芭蕉が心の中で西行になって田を植えて立ち去る間、そのかたわらにただなつかしげにふわりと立っている。

「柳が田を植えて立ち去る」と解する④の説もこの句を一物仕立てとして読んでいることになるが、この説は「さま〱の」の句を桜あるいは桜の精がさまざまなことを思い出していると解するのと同じ誤りを犯していることになるだろう。

こう眺めてくると、「田一枚」の句も古池の句と同じ構造の句であることがわかる。古池の句は蛙が水に飛びこむ音を聞いて古池の面影が心の中に浮かんだという句だった。「田一枚」の句も一本の柳を眺めているうちに西行となって田を植えたような気持ちになったといっている。

古池の句にしても「田一枚」や「さまぐ〵の」の句にしても、心の世界が開かれるのは「や」「かな」という切字の働きとかかわりがある。

平成八年（一九九六年）に発見された芭蕉自筆の『おくのほそ道』によって「田一枚」の句は初め

水せきて早苗たばぬる柳陰　　芭蕉

という形だったことが明らかになった。この初案はまさに田植えの実景。自筆本ではまずこの初案の「柳陰」を墨で「柳哉」と直し、さらにその上に紙を貼って「田一枚植て立去る柳かな」と改めた。

ここで加えられた推敲は二つ。一つは上中を「田一枚植て立去る」という想像の世界に転じたこと。もう一つは下五の「柳陰」を「柳かな」として切字の「かな」を加えたこと。この二つは別々の推敲とみえるかもしれないが、中七での心の世界の出現と下五にすえた切字は互いに深くかかわっている。

西行となって田を植えるという心の世界を描くには「かな」で切らねばなら

なかった。いいかえると、切字の「かな」によって初めて心の世界を描くことができた。これも古池の句が「古池に」であったならばただの実景にすぎないのに対して、「古池や」とおいたために心の世界が出現したのと同じ道理である。

第九章　枯枝に鳥は何羽いるか

I

ここに三枚の絵がある。

まず一枚目（図1）は横長の彩色画。右下には鳥が何羽かとまっている枯木を描き、上空をさらに多くの鳥が飛んでいる。枯木には紅葉した蔦の蔓が垂れ下がり、晩秋の景であることがわかる。

画面の左奥には山々の彼方に雪を頂く白い峰がそびえ、手前の山路をゆく僧形の人物が松のかげから雪の峰を見やっている。右側の晩秋に対して、こちらは初冬の景を配したのだろう。奥山の雪は初雪にちがいない。

画面右端、鳥と枯木の絵の右には

枯枝にからすのとまりたるや秋の暮

一方、左には雪山の絵に重ねて

世にふるは更に宗祇のやどり哉

の句がしたためてある。どちらも芭蕉の句である。画面の中央には「世にふるは」の句の前書のようにして「笠やどり」と題した一文が記してある。この絵の左半分はここでは無視して構わない。

二枚目（図2）は短冊。枯木の枝にとまっている一羽の烏が墨で描かれ、その絵にかぶせて

枯朶にからすのとまりけり秋の暮

図1　句文画賛　芭蕉（画者不明）、早稲田大学図書館蔵

と書いてある。

三枚目（図3）は縦長の絹布に描かれた墨絵である。画面中ほどから手前へ伸びる枯枝に黒々とした一羽の烏がうずくまっている。その烏の上方に小さく書かれているのは、やはり

かれえだにからすのとまりけり秋のくれ

一枚目の絵の作者は不明だが、句と文は芭蕉の直筆。二枚目の短冊は画句ともに芭蕉の自筆。三枚目は許六が絵を描き、芭蕉みずから句をしたためている。許六は文武諸芸ことに絵にすぐれ、芭蕉も絵の師と仰いだというだけあって、さすがにうまい。悄然と肩をすくめた向こう向きの烏である。

一枚目の絵には数えてみると枯木にとまって騒いで

図2　発句短冊　芭蕉、出光美術館蔵

図3　発句画賛　芭蕉、許六画、出光美術館蔵

いる烏が七羽、さらに二十羽の烏が枯木の上を飛びめぐっている。なかなかにぎやかな図柄である。ところが、二枚目と三枚目はどちらも一羽。孤独な烏である。

芭蕉は枯枝の烏の句を初め一枚目の絵に書いた「からすのとまりたるや」の形で詠んだ。のちに芭蕉はこの句を二枚目と三枚目の絵に添えた「からすのとまりけり」の形に改めた。いわば同じ句のはずなのに絵は片や二十七羽の烏、片や一羽の烏。絵を描いた人物は異なるが、句はどれも芭蕉の真筆。芭蕉は烏が何羽もいる絵も一羽の絵も句にふさわしいと思っていたことになる。これはどうしたことか。

2

延宝三年（一六七五年）、芭蕉が三十一歳の年の五月、宗因が上方から江戸に下ってきた。宗因率いる談林派は古風な貞門に対して斬新、軽妙な俳風で鳴らしていた。芭蕉はこのとき、宗因歓迎の連句興行に加わって以来、談林風にかぶれる。

ところが、談林の斬新はやがて新奇に、軽妙は低俗にと堕落する。そこで芭蕉は新たな俳風を探りはじめ、無為自然を説く荘子の思想に惹かれてゆく。延宝八年（一六八〇年）冬、芭蕉が突然、深川に引っ込んでしまうのはこうした心の動きが形となったものにちがいない。

枯枝に烏のとまりたるや秋の暮　　芭蕉

深川隠棲に先立つ同年秋に詠んだのがこの「枯枝に」の句である。貞享三年（一六八六年）春に古池の句を詠む六年前のことである。この句は翌延宝九年（一六八一年）夏、上方の言水が刊行した俳諧選集『東日記』に早速入集した。ところが、この句はのちに推敲を加えられる。『東日記』刊行から八年後の元禄二年（一六八九年）春、尾張の荷兮が世に問うた蕉門の俳諧選集『あら野』（曠野）には

かれ朶に烏のとまりけり秋の暮　　芭蕉

として載っている。初案の「烏のとまりたるや」がここで「烏のとまりけり」に変わった。

新編日本古典文学全集の『松尾芭蕉集①』（井本農一、堀信夫注解）は、この

句を

ふと見ると枯枝に烏がきてとまっているのであった。そういえばこれはいかにも秋の暮らしい景物だ。

と訳したうえで、次のように解説する。

中世の歌学にはおよそ興趣なきものに興趣を認める逆説的発想（たとえば定家の「見わたせば花も紅葉（もみじ）もなかりけり浦の苫屋（とまや）の秋の夕暮」〈新古今・秋下〉のような）が伝統としてあった。それを背景として「秋の暮」の情趣を「浦の苫屋」ならぬ「花も紅葉も見尽くした後の枯枝の烏」に発見したのが作者の手柄。

さらに

その点を強調する意味で、初案（東日記）のときは「秋の暮とは」「枯枝に烏のとまりたる」という軽い問答ともとれる形にした。それをのち、純粋の景気の句に改めて『曠野（あらの）』に入集（にっしゅう）したのである。

とこの句を改案した芭蕉の意図を探っている。

ここにいう「純粋の景気の句」の「景気」とは今の言葉でいえば景色だろう。『松尾芭蕉集①』の解説者は、「軽い問答体」から「純粋な景気の句」に変えたところに改案の理由をみているわけである。

しかし、この句の改案にはもっと重大な問題が潜んでいる。芭蕉はなぜ「烏のとまりたるや」を「烏のとまりけり」と改めたのか。その「たる」（たり）も「や」も「けり」もみな切字である。とすると、芭蕉が新たにすえた「けり」は「たるや」とどう違うのだろうか。

3

そこで思い出すのは元禄三年（一六九〇年）秋、芭蕉が去来、凡兆、野水と大津の義仲寺無名庵で巻き、『猿蓑』に入集した歌仙の凡兆の発句

灰汁桶の雫やみけりきりぎりす　凡兆

灰汁桶とは草木の灰から灰汁を採るための桶である。底に小さな管が挿してあり、桶に灰と水を混ぜて入れておくと、管の口から灰汁が滴り落ちる。昔はこの灰汁を洗濯や染色に使った。なお、古典文学でいう「きりぎりす」は今のこおろぎである。この句の「きりぎりす」もそう。今のきりぎりすは古くは「はたおり」（機織）と呼ばれた。

この句について、新編日本古典文学全集の『近世俳句俳文集』（「近世俳句集」は雲英末雄、山下一海、丸山一彦注解）はこう解釈する。

秋の夜ふけ、ぽたりぽたりとしたたりおちる灰汁桶の雫の音が聞こえる。それもしだいに間遠になったかと思うと、やがてやんで静かになった。そ

のとき土間のすみでこおろぎが鳴きだした、の意。

続けて解説がある。

こおろぎと庶民的な灰汁桶との取合せに俳諧性がある。また灰汁桶の雫の音に続くこおろぎの鳴き声に、時間の経過と深まりゆく秋の夜の情感がしみじみと示されている。「けり」で大きな断絶がある。

この解釈と解説は「けり」の働きを無視しているのではなかろうか。この場合、切字の「けり」は回想の助動詞である。それは単に「……だった」と過去を表すのではなく、過去を想い起こし、「ふと気がついてみると、……だった」という意味を響かせる。

とすると、灰汁桶の句はこうなるだろう。こおろぎの声が聞こえる。ふと気がついてみると、さっきまで聞こえていた灰汁桶の雫の音がいつの間にかやんでいた。こおろぎの鳴き声によって灰汁桶の雫の音がやんでいるのに気がつく。

ある音によって別の音の不在に気づいたといっている。

この句は『近世俳句俳文集』の注解にあるような「(灰汁桶の雫の音が)やがてやんで静かになった。そのとき土間のすみでこおろぎが鳴きだした、の意」ではない。時間の流れに沿った二つの音の交替を詠んでいるのではない。その逆。こおろぎの鳴き声をきっかけにして作者の意識は時間の流れを遡り、灰汁桶の雫の音のしんとした不在に気がついた。一つの音の不在を詠んだ句なのである。

この本の注解には「「けり」で大きな断絶がある」とあるが、それはただの「大きな断絶」ではなく、ここで意識が逆流を始める、はっと息を呑むような断絶である。さらに注解は「灰汁桶の雫の音に続くこおろぎの鳴き声に、時間の経過と深まりゆく秋の夜の情感がしみじみと示されている」ともいう。しかし、それをいうのなら想い起こされた灰汁桶の雫の音の不在こそが秋の夜の静けさそのものであるというべきだろう。

4

一句の言葉の順番が、実際にものごとが起きた順番と違う例をすでにいくつか見てきた。

古池や蛙(かわず)飛(とび)こむ水のおと　芭蕉
さまぐ\の事おもひ出す桜かな
閑(しずか)さや岩にしみ入(いる)蟬の声

古池の句は古池があって、そこに蛙が飛びこんで水の音がしたのではなく、蛙が水に飛びこむ音を聞いて心の中に古池の面影が浮かんだという句である。「さまぐ\の」の句は、まず桜がある。その花を眺めていると、昔のさまざまなことを思い出すという句。
「閑さや」の句も、閑かさの中で岩にしみ入るように蟬が鳴いているのではなく、岩にしみ入るような蟬の声を聞いているうちに天地の静寂に気がついたという句だった。

どの句も今まさに芭蕉の心を領していること、「古池」「さまぐ〳〵の事おもひ出す」「閑さ」から切り出す。次いでその原因となった現実のことがら、「蛙飛こむ水のおと」「桜」「岩にしみ入蟬の声」が示される。どれも原因↓結果の順ではなく、結果↓原因の順である。

芭蕉は時間を遡りながらこれらの句を詠んでいる。「古池」から「蛙飛こむ水のおと」へ。「さまぐ〳〵の事おもひ出す」から「桜」へ。「閑さ」から「岩にしみ入蟬の声」へ。いいかえると、これらの句は単調な現実の時間の流れどおりに詠まれていない。

芭蕉が時間を遡って詠んでいる以上、読者も時間を遡らなければならない。ところが、現代の主要な解釈のほとんどが現実の時間に沿って読み下していることはすでにみてきたとおりである。

言葉を切ることによって時間の流れを切り返し、その隙間に心の世界を開く。それこそが「や」「かな」という切字の働きだった。切字はただ「大きな断絶」をもたらすのではなく心の世界を呼び起こす。同じことが「や」「かな」だけでなく、もう一つの切字「けり」についてもいえる。

凡兆の灰汁桶の句はそのよい例だろう。この句は灰汁桶の雫がやんで、こおろぎの声が聞こえるといっているのではない。「灰汁桶の雫やみけり」は原因ではなく結果であり、「きりぎりす」は結果でなく原因である。切字「けり」によって秋の夜長の時間が切断され、その隙間に静かな心の世界が姿を現す。『近世俳句俳文集』の注解は、切字「けり」の回想の働きを無視したために、元禄三年の秋の夜、灰汁桶のあたりの暗がりに心の世界がひっそりと口を開けているのを見過ごしたのではなかったか。

5

「かれ朶に」の句に戻ろう。凡兆の灰汁桶の句が聴覚の句であったのに対して、この句は視覚の句であるという違いがあるだけで、二句の構造は互いによく似ている。

かれ朶に烏のとまりけり秋の暮　　芭蕉

切字「けり」が単なる過去を表わすのではなく、回想の働きをもつことに注意して訳すると、こうなる。秋の一日がとっぷり暮れてきた。ふと気がつくと枯枝に烏がとまっている。ここで芭蕉が伝えようとしたのは『松尾芭蕉集①』の解説がいう「ふと見ると枯枝に烏がきてとまっているのであった。そういえばこれはいかにも秋の暮らしい景物だ」というのではない。これもまた順番が逆である。

ここでも、言葉はものごとが起きた順番に並べられていない。まず秋の暮がある。その夕闇に次第に目が慣れてきて、今までそこの枯枝にとまっているのを知らずにいた烏に突然、気がつく。こうした芭蕉の心の動きを伝えるのが切字の「けり」である。

当然、枯枝にとまっている烏は一羽である。この烏は夕闇に包まれて誰にも気づかれないでひっそりと枯枝にとまっていた。芭蕉が気づくずっと前、はるか昔からその枯枝にとまっていたような気配さえ漂う。芭蕉の肉眼ではなく心の目に映った鳥と秋の暮のようでもある。何と静かな鳥、そして、秋の暮だろうか。

これがもし何羽もの鳥が枯枝にとまっているのであれば、鳥の静かさはもちろん、秋の暮の静けさもそこなわれてしまうだろう。

ところが、初案の句になると事情が違ってくる。

枯枝に烏のとまりたるや秋の暮　芭蕉

この初案では芭蕉は想起の働きをもつ切字「けり」ではなく、持続を表わす「たる」に「や」を重ねているだけである。この形では「枯枝に烏がとまっているなあ、秋の暮だなあ」というだけのことであり、夕闇に包まれた烏に気づくという芭蕉の心の動きも伝わってこなければ、烏の静かさも秋の暮の静けさも感じられない。これなら烏は何羽いても構わないだろう。「かれ朶に」の句の初案と推敲後の句は似ているが、まったく違う別の句なのだ。

芭蕉が初案に飽き足らず、改めた理由はまさにこの点にある。初案の「烏のとまりたるや」では「秋の暮に烏が枯枝にとまっている」というだけの平板な句に過ぎない。何羽もの烏がカアカアと鳴き騒ぐ声も聞こえる。この初案には談林の騒々しさがまだ跡を留めているかのようだ。

ところが、「烏のとまりけり」と改めた途端、烏の群れはどこかへ飛び去り、喧騒はぴたりと静まる。そして、夕闇に慣れた目に枯枝にとまる一羽の烏が見えてくる。

三枚の絵のうち、初案の「からすのとまりたるや」を添えた一枚目の絵には何羽もの烏が描かれ、推敲を経た「からすのとまり（里）けり」を添えた二枚目と三枚目の絵には一羽の烏が描かれたのにはこうしたわけがある。

「かれ朶に」の句は改案によって、芭蕉の心の目に映った静かな烏と秋の暮を描き出す句に生まれ変わった。この改案の意味は『松尾芭蕉集①』の解説が述べているような「軽い問答体」を「純粋の景気の句」に改めたという程度のものではない。まさに芭蕉が脱談林、脱宗因の道を探るうち、荘子を導き手として新風の糸口をつかんだ一句だったろう。

第十章　去来的、凡兆的

I

かれ朶（えだ）に烏のとまりけり秋の暮　　芭　蕉

前章では、この句の中七が初案の「烏のとまりたるや」なら烏は複数、「烏のとまりけり」なら一羽という話をした。切字「けり」にものを単数にする働きがあるからである。この章ではまず、その補足を二つ。

一つはこの句の英訳について。芭蕉の句は明治以降、何人かの優れた翻訳者によって外国語に訳されている。R・H・ブライス（Reginald Horace Blyth　一八九八―一九六四）もその一人。イギリスに生まれ、大正十三年（一九二四年）、二十五歳で来日し、昭和三十九年（一九六四年）、東京オリンピックが開催された年に六十五歳で亡くなるまでの四十年間、日本で暮らした。北鎌倉の東慶寺に葬られている。

その代表的な著作『HAIKU』（北星堂書店）全四巻は英語で書かれた俳論であり、古今の俳句の選集でもある。第二次世界大戦中、抑留生活の中でこの本の構想を練ったという。この『HAIKU』第三巻に「かれ朶に」の句の英訳が載っている。

Autumn evening;
A crow perched
On a withered bough.
Bashō

ここで注目したいのは、第一に烏が一羽（A crow）であること。次に「秋の暮」（Autumn evening）が一句の冒頭に移されていること。芭蕉の原句は「かれ朶に烏のとまりけり」が先で「秋の暮」があとだった。ブライスはこれを英訳する際、「秋の暮」を先に出し、次いで「かれ朶に烏のとまりけり」(A crow perched / On a withered bough) をおいた。

なぜそうしたか。それはこの句の世界を正確に伝えようとしたからである。日本語の場合、回想の助動詞である切字「けり」の働きで、「かれ朶に烏のとまりけり」「秋の暮」という順であっても、秋の一日がとっぷりと夕暮れてきた、ふと気がつくと烏が枯枝にとまっているという意味になることは前章で、書いたとおりである。

ところが、英語では切字「けり」に相当する言葉がないから、もし原句のとおりの順に言葉を並べると、芭蕉がいおうとしたことは伝わらない。そこで、「Autumn evening」から一句をはじめたのではなかったか。

2

補足の二。「かれ朶に」の句の烏が一羽なら、古池の句の蛙は何匹いるのだろうかという問題である。結論を先にいえば、蛙もまた一匹である。ところが、古池の句の蛙は複数いるという説もある。

芭蕉が貞享三年（一六八六年）春、深川の芭蕉庵で古池の句を詠んだとき、蛙が水に飛びこむ音がただ一回きりではなく、実際には何度も聞こえてきたにちがいない。支考は『葛の松原』にこう書いていた。

弥生も名残おしき比にやありけむ、蛙の水に落る音しばしばならねば、言外の風情この筋にうかびて、「蛙飛こむ水の音」といへる七五は得給へりけり。

ここに「蛙の水に落る音しばしばならねば」とある。「しばしばならねば」とはしばしばでない、そう頻繁ではないという意味。蛙が水に飛びこむ音が間遠に聞こえてくるというのだろう。これを読むと支考も複数の蛙がいて水に飛びこむ音が何度か聞こえたと考えていたようだ。

しかし、芭蕉がその間遠に聞こえる水音を聞いてない。

古池や蛙飛こむ水のおと　芭蕉

と詠んだとたん、この句の中に蛙は一匹しかおらず、水の音も一度きりしかしない。

なぜかといえば、これも切字「や」の働きである。この古池の句は「蛙が水に飛びこんで水の音がした」という句ではなく、「蛙が水に飛びこむ音を聞いて心の中に古池が浮んだ」という句だった。この古池という心の世界をうち開いたのが切字「や」である。この切字「や」のまわりには豊かな「間」が広がっているが、この「間」は水の音が一回きりだからこそ生まれる。もし蛙が水に飛びこむ音が次から次に聞こえてくるというのであればこの「間」が死んでしまう。

実際には蛙が何匹いようが水の音が何度聞こえようが一向に構わない。しかし、それが一句になった瞬間、蛙は一匹であり水音は一度きりしか聞こえない。古池の句の蛙は複数いるとする説は現実の世界と一句の中の世界をごっちゃにしているのではなかろうか。

これは、「かれ朶に」の句の烏が、実際には何羽もいたかもしれないが、切字「けり」の働きによって一羽になるというのと同じことである。さらに、切字「かな」にも同じ働きがある。

さまぐ〵の事おもひ出す桜かな　　芭蕉
田一枚植て立去る柳かな

「田一枚」の句で詠まれた朽木の柳はもともと一本であるから問題はないが、「さまぐ〵の」の句は伊賀上野の藤堂家の別邸で開かれた花見の折に詠まれた句で、その庭に桜の木は何本かあったにちがいない。たった一本ということはないだろう。しかし、「さまぐ〵の」の句の中にはただ一本の桜が静かに立っている。

「や」「かな」「けり」などの切字は現実には複数あるものを一つにする働きがある。だからこそ切字なのである。

3

さて、この章の本題、去来と凡兆の話に移ろう。

去来は其角と並ぶ蕉門の高弟である。この二人はいずれ劣らぬ器量人だが、人柄や句風などいくつかの点で好一対をなしていた。其角が江戸っ子らしい才気煥発たる才人なら、去来は京に住む落ち着いた高士といったところである。

去来は長崎で儒医向井元升の次男として生まれ、幼いときに一家は京へ移住。十代半ばで福岡の叔父のもとへ養子に出たが、叔父に男子が生まれたため十年ほどで京へ帰ってからは五十三歳で亡くなるまで三十年近く京に住み続けた。九人兄妹で弟や妹も俳句を詠む俳句一家である。

貞享三年(一六八六年)冬、江戸に下って初めて芭蕉に対面した。芭蕉が古池の句を詠み、『蛙合(かわずあわせ)』が刊行されたその年のことである。去来はこのとき三十五歳。芭蕉より七歳若い。この初対面ののち、去来は江戸で年を越し、翌年夏まで芭蕉のそば近くにいた。

一方の凡兆は謎だらけの人である。金沢で生まれ、京に出て医者をしていたというものの、生年は不明。年齢は去来より少し上、もしかすると芭蕉よりも年長であったかもしれない。

凡兆は芭蕉に会うより前に去来と知り合っていたはずである。同じ京住みで凡兆は医者、去来の兄元端も医者である。どちらも金沢、長崎という地方の文化都市の出身であることも二人の結びつきを促しただろう。

芭蕉は貞享四年初冬十月、江戸を発って東海道を西へ向かった。『笈の小文』の旅である。郷里の伊賀上野で正月を迎え、畿内各地をめぐって初夏四月に京に入り、半月ほどそこに滞在した。このとき、凡兆は芭蕉に初めて会った。

去来はすでに江戸で芭蕉に会っているから、凡兆を芭蕉に引き合わせたのはあるいは去来であったかもしれない。こうして、貞享五年初夏の京の夜空に芭蕉、凡兆、去来という大三角形の星座がまたたきはじめる。

その凡兆の名を一躍有名にし、そればかりか詩歌の歴史に深く刻みこむことになったのは選集『猿蓑』である。元禄二年（一六八九年）八月、『おくのほそ道』の旅を大垣で終えた芭蕉は元禄四年（一六九一年）晩秋九月までの二年間、伊賀上野、京、近江の間を行き来して過ごす。この間、凡兆、去来という入門して間もない二人の新人を抜擢して選者とし、芭蕉自身の後見のもとに姿を現わしたのがこの『猿蓑』だった。芭蕉は『猿蓑』編集の相談のために京小川椹町上ルにあった凡兆宅にしばしば滞在し、凡兆と羽紅夫妻のもてなしを受けている。

『猿蓑』は元禄四年七月、京で出版された。乾坤二巻から成り、乾の巻には冬、夏、秋、春の順に蕉門俳人の発句三百八十二句を収める。この選集は和歌俳諧の選集が『古今集』以来、踏襲してきた春夏秋冬という部立ての順を捨て去った。巻頭は集名ともなった

初しぐれ猿も小蓑をほしげ也　芭蕉

この句に続けて時雨の句がずらりと並ぶ。去来が「時雨は此集の美目」(『去来抄』)と記しているとおりである。坤の巻には歌仙と俳文を収録する。

芭蕉が古池の句を詠んで蕉風に開眼したのはこの選集が成る五年前のことだ

った。芭蕉はこの古池の句によって初めて開いた心の世界を『おくのほそ道』の旅によって天地の間に打ち建てた。こうして花開いた新風のすべてを織りこんで編み上げたのがこの『猿蓑』だった。これもまた去来が「『猿み蓑の』は新風の始(はじめ)」(『去来抄』)というとおりである。

4

『猿蓑』は誕生したとき歳月を経た岩のように古びていて、同時に今萌え出たばかりの若葉のようにみずみずしい。まさに芭蕉と門弟たちにとって記念すべき選集だった。

凡兆はその選者に抜擢されたばかりではない。入集した発句の数も四十一句でいちばん多い。これは芭蕉の四十句を上回り、次の其角と去来の二十五句には十六句もの差がある。『猿蓑』は紙をめくるごとに凡兆の名句が次々に現われる、まさにそういう選集でもある。

冬

門前の小家もあそぶ冬至哉　凡兆

呼びかへす鮒売見えぬあられ哉

ながながと川一筋や雪の原

夏

竹の子の力を誰にたとふべき

渡り懸て藻の花のぞく流哉

すゞしさや朝草門に荷ひ込む

秋

あさ露や鬱金畠の秋の風

三葉ちりて跡はかれ木や桐の苗

物の音ひとりたふるる案山子哉

春

灰捨て白梅うるむ垣ねかな

鶯や下駄の歯につく小田の土

野馬(かげろう)に子共あそばす狐哉

さらに凡兆の句にはおまけがつく。二百年後、正岡子規や高浜虚子は凡兆の句を近代の写実主義、いわゆる写生のお手本としてほめたたえることになる。虚子は大正二年（一九一三年）に発表した「凡兆小論」にこう書いている。

> 芭蕉、去来が寂(さび)とか栞(しおり)とかにこだはつて、即ち彼の主観趣味に捕はれてゐる間に彼（凡兆）一人は敢然として客観趣味に立脚して透徹した自然の観察をやつて居る。

果して芭蕉や去来は「主観趣味」で、凡兆は「客観趣味」であったか、さらに凡兆が「自然の観察」をしていたかどうか。単純に言い切ってしまうことはできない。しかし、虚子の目に凡兆は客観趣味の先駆者と映った。

凡兆は『猿蓑』のスターだった。ところが、彗星のようにあっという間に消え去る。『猿蓑』が世に出てわずか二か月後の元禄四年九月、上京した名古屋の野水、越人と三人で芭蕉に会ったとき、同門の路通をあしざまにののしるということがあった。これ以降、芭蕉は凡兆を遠ざけ、凡兆も芭蕉を煙たがるようになる。

さらに二年後、決定的な事件が起こる。凡兆は元禄六年(一六九三年)末か七年初め、罪を得て下獄する。いつまで獄中にあったかは定かではないが、元禄十四年(一七〇一年)四月まで七年以上も牢に入れられていたともいう。

いったいどんな罪を犯したか。その後は京払いとなり、羽紅と大坂に移って暮らしたらしい。そのころから凡兆の句は夢が覚めてしまうように色褪せ、見る影もないものに変わり果てる。芭蕉の最晩年の弟子であった野坡の談として、零落した凡兆が『猿蓑』時代に入手した芭蕉の手跡や手紙を買ってくれぬかと野坡に頼んできたという哀れな話が伝わっている。正徳四年(一七一四年)没。凡兆の全盛期は凡兆が芭蕉のもとにいた貞享五年(元禄元年)から元禄四年までの四年間、つかの間のことだった。芭蕉は凡兆が入獄して間もない、元禄七年(一六九四年)に大坂で亡くなる。凡兆は出獄するまで芭蕉の死を知らなかったかもしれない。

5

芭蕉の死後、去来は『去来抄』を書きはじめる。去来が『去来抄』を綴っているころ、凡兆はまだ獄中にあったか、出獄して大坂にいたか。

病鴈の夜さむに落て旅ね哉　芭蕉
海士の屋は小海老にまじるいとゞ哉

芭蕉は『猿蓑』の編集が進んでいた元禄三年（一六九〇年）晩秋九月、大津からほど近い湖西の堅田に逗留してこの二句を得た。『猿蓑』には「堅田にて」と前書をつけて二句並べて収録されているが、入集に当たって凡兆と去来の間で議論があったことが『去来抄』に記されている。

『猿蓑』撰の時、「此内一句入集すべし」ト也。凡兆は「病鴈はさる事なれど、小海老に雑るいとゞは、句のかけり・事あたらしさ、誠に秀逸の句也」ト乞。去来は「小海老の句は珍しといへど、其物を案じたる時は、予が口にもいでん。病鴈は格高く趣かすかにして、いかでか爰を案じつけん」と論じ、終に両句ともに乞て入集す。其後先師曰、「病鴈を小海老などゝ同じごとく論じけり」と笑ひ給ひけり。

訳すとこうなる。『猿蓑』に入れる句を選んでいたとき、この二句のうちどちらか一句を入集することになった。凡兆は「病雁はなかなかいいが、小海老にまじるいとどの方はいきいきとして新鮮であり、まことに秀逸」といって小海老の句を推す。それに対して、私去来は「小海老の句は珍しくはあるが、詠もうと思えば自分でも詠めそうだ。病雁は格が高く、幽玄な趣があって、どうしてこんな句が詠めたのだろう」と論じて病雁の句を推した。そのまま凡兆も私もどちらも譲らず、とうとう二句ともいただいて入集した。今は亡き先生はのちに「二人ともよくも病雁をいとどなどと同列に並べて論じたりしたものだ」といって笑っておられた。

『猿蓑』の編集会議で凡兆は小海老の句を推し、去来は病雁の句を推した。しかし、芭蕉の言葉「病鴈を小海老などゝ同じごとくに論じけり」とは、この師匠には二句の優劣は初めから火を見るよりも明らかだったというのである。芭蕉にとって病雁の句が小海老の句より優れていることは論議の余地がなかった。

では、なぜ芭蕉は病雁の句が小海老の句より明らかに優れていると考えたのか。また、去来も病雁の句の方を推したのか。これに対して、凡兆にはなぜ小海老の句の方が秀逸と映ったのか。ここを解きほぐしてゆけば、俳句における去来的なものと凡兆的なものとの違い、さらに芭蕉がうち開いた俳句における心の世界の消息がわかるはずである。

そこを探るには、この二句が詠まれた元禄三年秋の堅田へ飛ばなければならない。

第十一章　病雁の夜さむに落ちて

I

病鴈の夜さむに落て旅ね哉　芭　蕉
海士の屋は小海老にまじるいとゞ哉

琵琶湖を瓢箪にたとえるなら最もくびれている部分の西岸が元禄三年（一六九〇年）秋、芭蕉が病雁の句と小海老の句を詠んだ堅田である。今では湖水をまたぐ琵琶湖大橋の西の橋詰にあたる。そこから二キロほど南へ下ったところに浮御堂があり、この付近がかつて堅田の中心だった。

芭蕉と堅田のゆかりは深い。貞享二年（一六八五年）春、『野ざらし紀行』の旅の途中、芭蕉が大津を訪れたとき、尚白、千那らがそのもとに馳せ参じ、近江蕉門の礎が築かれた。芭蕉四十一歳、古池の句を詠む前年のことである。千那は堅田にある浄土真宗本願寺派の本福寺の子に生まれ、のちに本福寺の住職となる人である。このときはまだ大津の本福寺別院にいた。

二百年前、京の大谷本願寺が延暦寺の衆徒によって破壊されたとき、蓮如は堅田の本福寺に危うく難を逃れるという事件があった。それ以来、この寺は浄土真宗の近江における拠点となる。蓮如はここを足がかりとして近江から越前へ勢力を広げ、かの地に真宗王国を築くことになる。蓮如の越前からの脱出とその後の行動については第一章の吉野山のくだりで書いたとおり。

貞享二年春の大津滞在から四年後。元禄二年（一六八九年）秋に『おくのほそ道』の旅を終えた芭蕉は、その年の暮、湖南を訪れ、翌三年秋までここを拠点として暮らした。この間に尚白門の智月と乙州の母子や珍碩（のちの洒堂）、正秀、曲水（のちの曲翠）らが新たに入門して近江蕉門は一気に華やぐ。

近江蕉門は去来を中心とする京蕉門とともに遅れてできた蕉門である。どちらも芭蕉が古池の句を詠み、蕉風に開眼した時期に前後して誕生した。去来が芭蕉に見えたのはまさに古池の句が詠まれた貞享三年（一六八六年）の冬である。このことがこの二つの蕉門の運命を決める。早くからあった江戸、伊賀、尾張の門弟たちの間では芭蕉の新風、いわゆる蕉風をめぐって意見が分かれ、のちに袂を分かつ人も出たのに対して、近江と京の門弟はみな初めから蕉風を浴びて育った蕉風の申し子たちだった。

やがて膳所の曲翠の邸では芭蕉の遺言状が開かれるだろう。智月は乙州の妻の荷月と二人で芭蕉の死装束を縫い、丈草は墓守となるだろう。そして、去来は芭蕉の言葉を後世に伝えるために『去来抄』を死ぬまで書き続ける。『おくのほそ道』の旅のあと、芭蕉がここに二年以上も留まるのも、新風を世に問う選集『猿蓑』を江戸ではなくここで編むのも、何よりも近江と京の門弟たちが蕉風の理解者であったからである。また、死後、大津義仲寺に葬られることを願ったのも、何も義仲贔屓だったからばかりではなく、近江蕉門の地、湖南こそ安住の場所と思えたからだろう。

その元禄三年九月半ばから二十五日までの十日あまり、芭蕉は堅田に逗留した。これを伝え聞いた其角は

雑水（ぞうすい）のなどころならば冬ごもり　　其角

と詠んだ。「雑水」は雑炊、「などころ」は名所。堅田で冬ごもりとは洒落ている。あそこは湖でとれる雑魚の雑炊がうまい。

江戸の其角がなぜ堅田の雑魚雑炊のことなど知っているかといえば、其角の父の医師竹下東順が堅田の出だからである。東順の生家が今も堅田の町中にある。ここにも一本、芭蕉と堅田を結ぶ糸が浮かび上がる。

其角が冬ごもりと詠んだとおり、旧暦九月といえば晩秋。冬の到来を目前にしていた。この句は「翁の堅田に閑居を聞（きき）て」という前書をつけ、去来と凡兆によって京で編集が進められていた『猿蓑』に早速収められるという幸運に浴することになる。

2

芭蕉が堅田へ赴く直前、湖南から京の凡兆に出した手紙が残っている。日付は九月十三日。書き出しの挨拶にまぜて

> 拙者も持病さしひき折々にて、しか〲不レ仕候故、五三里片(辺)地、あそびがてら養生に罷越候。

とある。ここで芭蕉が「持病」と書いているのは痔の病。「五三里片地」とは十五里(五かける三は十五)離れたところという意味で堅田をさしている。私も痔の病が一進一退で落ち着かず、ろくに句も詠めないので、堅田へ遊びがてら養生に参る所存。

さらにこの手紙の末尾には

尚々こよひの月、漁家にて見申筈に御座候。発句は有まじく候。

ともある。

この手紙からわかることは

一、芭蕉はこのとき痔の病を抱えていた。これは病雁の「病」ともかかわり、この句の解釈の大事な手がかりになる。

二、手紙の日付が九月十三日になっていて「こよひの月、漁家にて見申筈」という文面からすると、病雁の句と小海老の句はこの日（十三日）の夜か、その数日後に堅田の漁家で詠まれた。

三、病雁の句と小海老の句が詠まれた夜は晩秋の満月のころの月が照らしていた。もし十三日夜に詠まれたのなら、この夜の月は仲秋の名月の一と月後、いわゆる後の月（十三夜）である。

四、芭蕉は十三夜の月を愛でるために堅田へ出かけたのではなかったか。手紙の「あそびがてら」とはそういう意味かもしれない。そもそも痔の病を抱えながら、たとえ湖南から舟で向かったとしても堅田まで遠出するのはおかしな気がする。温泉があるわけでもなし、痔の養生なら湖南にじっとしているのがいい。

あれこれ想いをめぐらせていると、病雁の句の情景がにわかにいきいきとよみがえってくる。

病鴈(やむかり)の夜さむに落(おち)て旅ね哉　芭蕉

ちょうど雁の渡る季節。芭蕉は堅田へ通う舟の上から、あるいは湖のほとりの道を歩きながら雁の竿を仰いだかもしれない。ところが、一羽の雁が仲間についてゆけずに空から落ちて湖水の蘆むらで病の身を休めている。その蘆間の雁を後の月が冴え冴えと照らしている。

たしかにこの句には月は詠まれていない。しかし、どこからか月光が射しているような気がするのは、芭蕉がこの句を詠んだとき、まさしく晩秋の月が照らしていたからだろう。仲秋の名月は朗らかに照りわたるが、晩秋の後の月は冷やかに射す。「夜さむに」とはこの月の光の冷やかさでもある。

以上がこの句の描き出す景色である。ところが、この句にはさらに重大な問題が隠されている。それは芭蕉が月の照らす蘆間の雁を実際には見ていないということ。夜、病の雁が蘆の茂みで休んでいるところなど、そう簡単に見られるものではない。

となると、この句の情景は芭蕉が心の中に想い描いた、想像力の賜物ということになるだろう。芭蕉はその夜、堅田の漁家の一間を借りて病の身を横たえているうちに、自分がさながら蘆間に落ちた一羽の病雁であるような気がしてきた。この病の雁は芭蕉自身なのである。その雁を晩秋の月が照らしている。

3

この二重の映像はしみじみと奥深く、かつ美しい。漁家に宿る芭蕉の心の中に一羽の病の雁が宿り、その病の雁を芭蕉の心の空にかかる後の月が照らしている。そして、病の雁と月を心に宿す芭蕉をまことの空の月が照らす。現の月が心の中に射しこんで雁を照らすようでもあり、心の中の月がこの世を照らすようでもある。

心の月と現実の月が互いに照らし合い、心と現実が互いに浸し合う。病雁の句は心と現実が溶け合って、心でも現実でもなく、心でもあり現実でもある世界を織りあげた。去来が病雁の句を「趣かすか」(『去来抄』)と評したのもこの辺のことを指摘したにちがいない。

ここまでくれば、この病雁の句が古池の句の延長上に生まれたことがわかる。

古池や蛙飛こむ水のおと　芭蕉

古池の句は「古池に蛙が飛びこんで水の音がした」というのではなく、「蛙が水に飛びこむ音を聞いているうちに古池の幻が心の中に浮かんだ」という句だった。蛙が飛びこむ水音が現実のただ中に古池という心の世界を出現させた。

この古池の句ではまだ二つに分かれていた現実の世界と心の世界が、病雁の句では渾然一体となっている。それは何よりも「病雁」という一語にみてとれる。「病雁」は芭蕉の心の中に宿る病の雁であるとともに、病を抱えて旅寝する芭蕉自身の姿でもある。

ところで、古池の句で古池という心の世界を開いたのは「蛙飛こむ水のおと」という一つの音だった。そして、この句以降、芭蕉の句の中に心の世界が開かれるとき、必ず音が、蟬や時鳥の声がそのきっかけになる。ところが、病雁の句には音が詠まれていないようにみえる。これはどうしたことか。

実はこの句にも音が詠みこまれている。雁という字を「かりがね」(雁が音)とも読むように、雁は昔からその声を愛でるものだった。愛でるといっても図体の大きい、鷲鳥のような雁の太い喉から出る声は鶯や雲雀の声とは趣きが違う。ガーンガーンともカリカリカリとも聞こえる野太い声である。しかし、古人は秋の空を鳴き交わしながら竿になり鉤になって渡る雁の声に秋の深まりを身に染みて感じた。

病雁の句は雁の声とあからさまにいっているわけではないが、「病雁」という言葉の向こうから聞こえる、この病の雁の声、蘆間に落ちたときの水音、そして、この一羽を残して上空を飛び去る雁の親兄弟たちの哀しげな声に耳を澄まさなければならない。

芭蕉は堅田へきて湖の空を渡る雁の声に耳を傾けたにちがいない。その雁の声を聞いて病雁の句は生まれた。ここでもやはり音が心の世界を開いている。

4

一句の構造という観点から古池と病雁の句を比べてみよう。

まず古池の句は取り合わせの句だった。「蛙飛びこむ水のおと」に「古池」を合わせて、現実のただ中に心の世界を開いた。これに対して、病雁の句は一物仕立ての句である。病の雁を一物仕立てにして詠み、現実の世界と心の世界をみごと一つに融合している。

古池の句は俳句の中に心の世界を開いた。そこで古池の句は蕉風開眼の一句とされるが、それならその四年半後に詠まれた病雁の句は蕉風開花の一句であり、芭蕉が『おくのほそ道』の旅を経てたどり着いた蕉風の頂点の一つを示す句だった。まさにこれが蕉風であり、『猿蓑』だった。

現実と心が溶け合って一つになった病雁の句から眺めれば、古池の句はむしろ荒削りな古拙のよさをたたえている。

では、小海老の句はどうか。

海士（あま）の屋（や）は小海老（こえび）にまじるいとゞ哉　　芭蕉

この句もまた元禄三年九月半ばのある夜、病雁の句と前後して堅田の漁家で詠まれたものだろう。「いとゞ」は秋の虫の一つだが、羽がないので鳴かない。いわば沈黙の虫。姿は海老が背中を丸めたところに似ていて、台所や土間の暗がりにいる。そのいとどが漁家の小海老の桶にまぎれこんでいたのだろう。

この句は現実の一こまを写した句である。凡兆は「句のかけり・事あたらしさ、誠に秀逸の句也」（『去来抄』）としてこの句を推した。『日本国語大辞典』（小学館）によると「かけり」とは「表現が明確で働きがあり、動的な趣の鋭いこと」。一言でいえば印象鮮明ということだろう。

たしかに病雁の句に比べると、この句に描かれた小海老やいとどの輪郭はくっきりしている。しかし、ここには古池の句や病雁の句にある心の世界も、その糸口も見当たらない。

病雁の句と小海老の句のどちらを『猿蓑』に入れるか。凡兆と去来の間で交わされた押し問答を、芭蕉は「病雁を小海老など〻(と)同じごとくに論じけり」(『去来抄』)といって笑った。このとき、芭蕉は小海老の句を推した凡兆を笑ったのではない。病雁の句と小海老の句を同列に論じた凡兆と去来二人を笑った。芭蕉にとって二句の優劣は論じるまでもなく明白だったのである。

それなのになぜ凡兆は小海老の句を推したのだろうか。それは凡兆にとって俳句とは現実の世界を描くものだったからである。凡兆の句は現実の世界を鮮やかに描き出す。裏を返せば、心の世界がそこから欠落している。

呼びかへす鮒(ふな)売(うり)見えぬあられ哉　　凡兆
渡り懸(かけ)て藻の花のぞく流哉
あさ露や鬱(う)金(こん)畠(ばたけ)の秋の風
鶯や下駄の歯につく小田の土

前の二句は一物仕立てで鮒売や橋上の人の姿を詠む。どちらも現実の世界がいきいきと描かれてはいるが、ここには心の世界など微塵もない。

あとの二句は取り合わせの句であるが、一句の中に取り合わせてあるのはどちらも現実の「あさ露」と「鬱金畠の秋の風」、「鶯」と「下駄の歯につく小田の土」である。鶯の句など、芭蕉が詠めば鶯の声を契機としてたちまち心の世界へと転じるだろうが、凡兆が合わせたのは「下駄の歯につく小田の土」という現実のそのものだった。

古池の句で芭蕉は古池という心の世界を開く鍵として切字の「や」を使ったが、凡兆の「あさ露や」「鶯や」の句の「や」は「と」と同じように使われている。切字とはいっても、ものを並べているだけのこと。

切字によって間が生まれるとはいうものの、凡兆の句の間とは同じ平面上の距離にすぎない。芭蕉が古池の句で生み出した、現実と心という異なる次元にまたがる間とは趣が異なる。

5

下京や雪つむ上の夜の雨　凡兆

やはり『猿蓑』に収められたこの句について去来が書いている。

> 此句、初ニ冠なし。先師をはじめいろ〳〵と置侍りて、此冠に極め給ふ。凡兆、「あ」トこたへて、いまだ落つかず。先師曰、「兆、汝手柄に此冠を置べし、若まさる物あらば、我二度俳諧をいふべからず」ト也。（『去来抄』）

この句には初め冠（上五）がなかった。つまり凡兆はまず「雪つむ上の夜の雨」と詠んだ。これは古池の句の「蛙飛こむ水のおと」が先にできたのと同じ。芭蕉をはじめその座にいた人々があれこれ上五を置いてみたが、最終的に芭蕉は「下京や」と決めた。

　ところが、凡兆は「あ」と答えただけで納得がいかないようす。そこで芭蕉はこう言った。「凡兆よ、この上五は自分の手柄として誇っていいものだ。もしこれよりいい上五が見つかったら、私は二度と俳諧について口にしない」。「若まさる物あらば、我二度俳諧をいふべからず」という芭蕉の言葉も凄まじいが、ここで問題なのは芭蕉が上五を「下京や」と定めたとき、凡兆がまだ別の上五を探すそぶりを見せたこと。「下京や」は凡兆の探していた上五ではなかったのである。凡兆は「鶯や」や「あさ露や」の句のように「雪つむ上の夜の雨」という中下と同じ平面に並べておける上五を探していたのではなかったか。

　芭蕉が決めた「下京」は「雪つむ上の夜の雨」と横に並ぶのではなく、その中下を包みこんでしまう。その戸惑いが「あ」という返事ににじんでいる。芭蕉がおいた「下京」は「雪つむ上の夜の雨」とは次元の異なる言葉だからである。

　このやりとりが交わされたのは、京で『猿蓑』の編纂が続けられていた元禄三年冬のことではなかろうか。「下京や」の句の「下京」は、芭蕉がその年の

夏に京で詠んだ句

京にても京なつかしやほとゝぎす　芭蕉

この句の「京にても」の京（現実の京）ではなく「京なつかしや」の京（心の中の京）に似た手触りをもつ言葉である。

さて、一方の去来はまず心を先立て、その心がものをまとうという風な詠みぶり。

手をはなつ中に落けり朧月　去来
湖の水まさりけり五月雨
あき風やしら木の弓に弦はらん
尾頭のこゝろもとなき海鼠かな

「手をはなつ」の句は去来の弟魯町が故郷の長崎へ帰るときの送別の句。「湖の」の句は実際の風景を突き破ってしまったかのような大景。「あき風や」の句は「しら木の弓に弦はらん」という心の動きそのものを詠む。「尾頭の」の句は海鼠の姿を滑稽の心で写しとった。

凡兆には現実を写しとる感覚の冴えがあるだけで、やはり去来の現実を破る気概や滑稽が欠けている。もし子規以降の近代俳句が凡兆的なものを目指すあまり、去来的なものをどこかに置き忘れてきたとすれば、それは『猿蓑』編纂の際、病雁の句を捨てて小海老の句だけを入れるような誤りをおかしてきたということだろう。

第十二章　枯野の彼方へ

I

いよいよ最終章。前々章と前章では俳句における去来的なものと凡兆的なものについて考えたが、ここでは初めにその凡兆的な発想が俳句の解釈に及ぼした影響をみておきたい。

草の戸も住替る代ぞひなの家　芭蕉

『おくのほそ道』冒頭の句である。この句について、大岡信氏は『瑞穂の国うた』（世界文化社）にこう書く。

これは『おくのほそ道』冒頭に載る、彼がいままで住んでいた深川の草庵を人に譲って出るときの有名な句です。新しい住人には娘がいて、折から雛祭りの時節。長旅を覚悟した芭蕉が、華やぐであろう元の庵を思い浮かべて詠んだ……。時の変化というものをこういうかたちであらわすという句の作り方もあるわけです。

大岡氏はこの句は芭蕉が「深川の草庵を人に譲って出るとき」の句であり、「新しい住人には娘がいて、折から雛祭りの時節」であるから「華やぐであろう元の庵を思い浮かべて詠んだ」という。これを読めば、誰でもなるほどとうなずく。

ところが、草の戸の句をそう解釈しない説もある。新編日本古典文学全集の『松尾芭蕉集②』(「紀行・日記編」は井本農一、久富哲雄校注・訳)は次のように訳す。

わびしい草庵も自分の次の住人がもう代り住んで、時も雛祭のころ、さすがに自分のような世捨人とは異なり、雛を飾った家になっていることよ。

大岡氏の訳とどこがどう違うかといえば、大岡訳は芭蕉が草庵の新しい住人がやがて来る雛祭に娘のためにお雛様を飾るだろうと想像している。それに対して、井本・久富訳は芭蕉の草庵にすでに新しい住人が移り住んで娘のためにお雛様を飾っていると解釈している。

大岡訳は句の「ひなの家」を未来のこととして読むのに対して、井本・久富訳は現在のこととして読んでいる。そこで大岡訳では芭蕉は未来の「ひなの家」を思い浮かべたということになるが、井本・久富訳では芭蕉は実際に「ひなの家」を見たということになる。つまり、大岡訳では「ひなの家」は芭蕉によって想像された未来であるのに対して、井本・久富訳では芭蕉によって見られた現在であるというところが決定的に異なる。

『松尾芭蕉集②』だけではない。同じ新編日本古典文学全集の『松尾芭蕉集①』（井本農一、堀信夫注解）は芭蕉の全発句集であるが、この本では次のように訳している。

自分の住んでいた頃はわびしい草庵だったが、もう自分の次の代の住人が替り住んで、折しも雛祭のことゆえ、自分のような世捨人とは異なり、雛を飾った家になっていることだ。

一方、尾形仂氏は『おくのほそ道評釈』でこの句をこう訳す。

世捨て人の栖（すみか）として自分の住み馴れてきたこの草庵にも、免れ得ない流転の理法のもとに、あるじの住み替わるべき時節がやってきたことだ。折からの弥生の節句に、自分の出たあとの草庵は、娘や孫を連れた世俗の人である新しいあるじにより、はなやかに雛を飾る家と変わるが、それに対して今や自分は、栖を出離（しゅつり）して無所住の旅に出ようとしているのである。

尾形氏は「ひなの家」を芭蕉の想像と考えている。大岡氏の解釈はこの尾形説と同じとみてよい。

2

「ひなの家」を芭蕉が想像したものとみるか、眼前に見たものとするか。想像説か眼前説か。この選択が実は地の文の解釈に影響してくる。

まず『おくのほそ道』の冒頭部分をみておこう。

月日は百代の過客にして、行かふ年も又旅人也。舟の上に生涯をうかべ、馬の口とらへて老をむかふる物は、日々旅にして旅を栖とす。古人も多く旅に死せるあり。予も、いづれの年よりか、片雲の風にさそはれて、漂泊の思ひやまず、海浜にさすらへて、去年の秋、江上の破屋に蜘の古巣をはらひて、やゝ年も暮、春立る霞の空に、白川の関こえんと、そゞろ神の物につきて心をくるはせ、道祖神のまねきにあひて取もの手につかず、もゝ引の破をつゞり、笠の緒付かえて、三里に灸すゆるより、松島の月先心に

かゝりて、住る方は人に譲りて、杉風が別墅に移るに、

草の戸も住替る代ぞひなの家

面八句を庵の柱に懸置。

芭蕉がみちのくの旅へ出発したのが元禄二年（一六八九年）春だから、「去年の秋」とあるのは貞享五年（元禄元年）の秋。「江上の破屋」とは隅田川のほとりの芭蕉庵。この『おくのほそ道』の冒頭で芭蕉は貞享四年初冬から五年仲秋八日にかけて上方方面をめぐった『笈の小文』の旅を終えて江戸深川の芭蕉庵に帰ってきたことをまず述べている。そこから転じて今度はみちのくへの旅を思い立ったという話の順序になる。

問題になるのはこのあとの「住る方は人に譲り」以下、最後の数行である。草の戸の句の「ひなの家」を芭蕉の想像ととれば、この数行はこんな意味になるだろう。

今まで住んでいた芭蕉庵は人に譲り、杉風の下屋敷に移るに際し、

　草の戸も住替はる代ぞ雛の家

という発句を詠み、それを立句(たてく)として巻いた表八句を、留別の記念として旧庵の柱に掛けておく。　　　　　　　　　　　　(『おくのほそ道評釈』)

杉風は芭蕉の門人で深川の芭蕉庵を提供した日本橋小田原町の魚問屋鯉屋市兵衛であるが、その別墅(下屋敷)とは芭蕉庵のすぐ近くにあった採茶庵(さいたあん)のことらしい。また、面八句(表八句)とは百韻連句の初折の表に書く八句のことである。表八句は柱に掛ける習わしがあったという。

この「ひなの家」想像説に対して、眼前説はここをどう解釈するか。

　いままで住んでいた芭蕉庵は人に譲り、杉風(さんぷう)の別荘に移ったが、「草(くさ)の戸(と)も住替(すみかわ)る代(よ)ぞ雛(ひな)の家」と詠んで、この句を発句にして、面(おもて)八句をつらね、草(そう)庵(あん)の柱に掛けておいた。　　　　　　　　　　　　(『松尾芭蕉集②』)

想像説では原文の「杉風が別墅に移るに」を「杉風の下屋敷に移るに際し」と訳していたが、この眼前説では「杉風の別荘に移ったが」と訳している。すなわち、想像説では芭蕉はまだ芭蕉庵にいて、これから採茶庵に移ろうとしているが、眼前説では芭蕉はすでに芭蕉庵を人に譲って採茶庵に移ってきている。

その結果、この二つの説のどちらをとるかで最後の「面八句を庵の柱に懸置」の意味が変わってくる。まず想像説では芭蕉が表八句を柱に掛けた庵はもちろん芭蕉庵であるが、眼前説では芭蕉庵とすると、おかしなことになる。芭蕉はすでに芭蕉庵を人に譲っているのであるから、芭蕉庵の柱に表八句を掛けたとすれば、芭蕉が人の家にずかずかと踏みこんでその柱に掛けたことになるわけである。こんなことがあるだろうか。そこで眼前説では、この「庵」を採茶庵とせざるをえなくなる。

眼前説にはもう一つ不都合がある。それは芭蕉がみちのくへ決死の覚悟で旅立とうとしている矢先、一度、人手に渡した芭蕉庵の柱に表八句を掛けるために「戻る」ことになることである。これは旅立ちを前にしてははなはだまずい。

「三里に灸すゆるより、松島の月先心にかゝりて」と書いた芭蕉のみちのくへと急く思いをそぐことになるだろう。

芭蕉は連句の心構えとして

たとへば哥仙は三十六歩也。一歩も後に帰る心なし。行にしたがひ、心の改は、たゞ先へ行心なれば也。（『三冊子』）

と説いた。「一歩もあとに帰る心なし」「たゞ先へ行心なれば也」という人がそうやすやすともとの庵へ戻ってなるものか。

いくつかの不都合が生じるために眼前説では「面八句を庵の柱に懸置」の「庵」を芭蕉庵とするのは無理。そこで苦肉の策としてこの「庵」は芭蕉が引っ越した先の採茶庵と解釈するようになったということのようである。

しかし、この草の戸の句の「ひなの家」とは芭蕉庵のことである。また、この句を発句とする表八句も芭蕉庵への惜別を込めて巻かれたものである。それを採茶庵の柱に掛けたとすればはなはだ興ざめ。ボタンを一つ掛け違えたような居心地の悪さが残る。

『松尾芭蕉集②』はここを「面八句をつらね、草庵の柱に掛けておいた」とさらりと訳しているが、この「草庵」は芭蕉庵だろうか、それとも採茶庵なのか。今一つ釈然としない。眼前説では、どちらにしても問題があるわけである。

3

「ひなの家」眼前説はどう辻褄を合わせようとしても地の文を歪めてしまうことになるだろう。想像説の方が明らかにすっきりしている。

それなのになぜ眼前説を唱えるのか。それはひとえに「想像と取ると句の具象性に乏しく、読者に訴えるところが弱い」(『松尾芭蕉集①』)ということらしい。眼前説を唱える人々は想像されたものは眼前にあるものより具象性に乏しく、読者に訴える力が弱いと考えた。

この考え方は一見正当のように聞こえる。しかし、よく考えるとおかしい。というのは、たとえ芭蕉がお雛様の飾られた芭蕉庵を実際に見て詠んだとしても、読者は「ひなの家」という言葉からその場面を想像しなければならないからである。「ひなの家」が芭蕉の想像であれ、実景であれ、このことは変わらない。すべての言葉は想像力の賜物。読者の想像力によって息を吹きこまれないかぎり、どんな言葉も無味乾燥な記号の羅列にすぎない。

問題は、それなのになぜ眼前論者たちは眼前にあるものの方が想像されたものより具象性に富むと考えたかという点である。そこに俳句の解釈という場面でも凡兆的なものが働いているのを見ないわけにはゆかないだろう。

下京（しもぎょう）や雪つむ上の夜の雨　凡兆

凡兆が詠んだ「雪つむ上の夜の雨」という中下に芭蕉が「下京や」と上五をかぶせたとき、凡兆は「あ」といって納得しなかった（『去来抄』）。凡兆は下京などという茫漠としたものではなく、もっとくっきりとした眼前のものを示す言葉を探していたのだろう。「ひなの家」眼前説を生み出した動機は、このときの凡兆の心境とよく似ている。

「ひなの家」眼前説は想像されたものよりも眼前にあるものの方が勝っているという凡兆的な思いに突き動かされて、「ひなの家」を芭蕉が眼前に見たものと解しようとした。そのために『おくのほそ道』の地の文を無理に捻じ曲げても、芭蕉の行動に齟齬を来たしてもやむを得ないと判断したとしか考えられない。

かれ朶(えだ)に烏のとまりけり秋の暮　　芭蕉

この句は初め中七が「烏のとまりたるや」であったのをのちにこの形に改めた。「たるや」を「けり」に改めることによって芭蕉はこの句を景色から心の世界へと一変させた（第九章参照）。ところが、『松尾芭蕉集①』はこの改案について「軽い問答体」を「純粋の景気の句」に改めたと解説する。「景気」とは景色のこと。ここにも凡兆的なものが過剰に働いている。

肝心の古池の句にしても「古池に蛙が飛びこんで水の音がした」という解釈はやはり凡兆的な発想によって支えられている。

こうした俳句の解釈は解釈だけの問題にとどまらない。そのまま新たに俳句を詠む人々への道しるべの意味を帯びてくる。芭蕉が眼前の句を詠んだのなら眼前の句を詠むのがいい。景色の句を詠んだのなら景色の句を詠めばいいということになる。俳句をどう読むかは俳句をどう詠むかに直結している。読みと詠みは車の両輪だからである。

このようにして凡兆的な読みと詠みの両輪によって進んできたのがこの百年間の近代俳句ではなかったか。それは言葉の想像力の排斥（少なくとも束縛）であり、俳句における心の世界、いいかえると芭蕉的、去来的な世界の忘却だった。

4

古池や蛙（かわず）飛（とび）こむ水のおと　芭蕉

芭蕉が貞享三年（一六八六年）春に詠んだ古池の句は「蛙が水に飛びこむ音

を聞いて芭蕉の心の中に古池の幻が浮かんだ」という句だった。現実のただ中に古池という心の世界が忽然と口を開く。これをもって芭蕉の門弟や後世の人々は古池の句を蕉風開眼の一句としてたたえた。

三年後の元禄二年春、みちのくへと旅立とうとする芭蕉が詠んだ草の戸の句も古池の句をみごとに踏襲していた。だからこそ古池の句は蕉風開眼の一句なのである。

かれこれ八年以上、拠りどころとしてきた深川の芭蕉庵を離れるに当たって突然、芭蕉の心の中にこの家の未来の姿が浮かんだ。新しい住人には娘さんがいるから、やがてくる雛祭にはお雛様が飾られるだろう。そのありさまは世捨人同然の自分が住んでいた今までの侘びた庵とは打って変わって華やいだ空気に包まれる。

芭蕉はみちのくへ旅立とうとしている。芭蕉庵もまた新しい住人を迎えて新しい旅を始めようとしている。そこで芭蕉は自分自身が旅立つ前に住み慣れた庵の新たな旅を祝福する贐（はなむけ）の句を贈った。それが草の戸の句であり、その句を発句とする「面八句を庵の柱に懸置」いたのはこの庵への祝意である。柱に掛ける習わしがあろうとなかろうと構わない。もし習わしがあったとすれば、芭蕉はここで古い習わしに晴れがましい新たな意味を与えたということになるだろう。

「ひなの家」は未来の想像、草の戸の句は芭蕉庵への贐の句と解してこそ『おくのほそ道』の冒頭に据えるのにふさわしい一句となる。

5

元禄七年（一六九四年）初冬、芭蕉は大坂で客死する。江戸深川の芭蕉庵で草の戸の句を詠み、『おくのほそ道』の旅へ出発してから五年半後のことである。ある夜更け、芭蕉は看病に当たる門人の呑舟(どんしゅう)を枕もとに呼び寄せて口伝てに句を書き取らせた。

旅に病(やん)で夢は枯野をかけ廻(めぐ)る　芭蕉

散文的な言い方をすれば、枯野を駆け回る夢を見たということだろう。夢の中に枯野が広がり、芭蕉はその枯野を駆け回っている。これなら夢は枯野を出現させるための額縁のような装置にすぎない。ところが、「夢は枯野をかけ廻る」といえば、夢は火の玉のような塊となり、吹きすさぶ木枯しとなって枯野を疾走する。

芭蕉は今静かに目を覚ました。あれからどれくらい眠ったのだろうか。ここは大坂の町中というのにどこか遠くの山里のようにしんと静まっている。呑舟に句を書いてもらったあと、誰か灯を落としに来たのだろう、座敷は寝床の足もとの灯のほのかな明かりに包まれている。去来も丈草も看病に疲れて寝入っているらしい。優しい人々よ、やがて私は誰にも告げず、また旅に出る。そして、君たちのもとへもう帰ることはない。

死に至る病の果てに芭蕉が打ち開いたのはみずから夢となって枯野を駆け回る凄まじい心の世界だった。この芭蕉最後の句もまた古池の句と同じ構造であることはもはや誰の目にも明らかである。

あとがき　古池に蛙は飛びこまなかった

この本の第一の主題は「古池に蛙が飛びこんで水の音がした」という意味であると誰もが信じて疑わない芭蕉の古池の句が、ほんとうはそんな意味ではなく「蛙が水に飛びこむ音を聞いて心の中に古池の幻が浮かんだ」という句であるということ。

その個々の論拠はこの本に詳しく書いたのでそれを読んでいただきたいが、支考の『葛(くず)の松原』と去来の『去来抄』にはいたるところで恩恵にあずかった。もし、この二人がこの二つの書物を書き残してくれなかったら、私自身、いまだにこの句は「古池に蛙が飛びこんで水の音がした」という句であると信じ、つまらない句だなあと思っていたにちがいない。二人とはすっかり親友の気分。

古池の句を今までどおり「古池に蛙が飛びこんで水の音がした」と解釈する

かぎり、この句は平板なリアリズムの句にすぎない。ところが、本当は「蛙が水に飛びこむ音を聞いて心の中に古池の幻が浮かんだ」という句であったことがわかれば、この句はたちまち現実の世界（「蛙飛こむ水のおと」）と心の世界（「古池や」）が交錯する魅惑的な句に生まれ変わる。この現実のただ中に心の世界を開いたことこそ蕉風開眼と呼ばれるものであったこと。これが第二の主題。

そして、第三の主題は古池の句以降に芭蕉が詠んだ句――「さまぐ〵の事おもひ出す桜かな」も「夏草や兵どもが夢の跡」も「閑さや岩にしみ入蟬の声」も「病鴈の夜さむに落て旅ね哉」も、そして死を前にした「旅に病で夢は枯野をかけ廻る」まで――芭蕉の名句はことごとく古池の句と同様に現実の中に心の世界を開く句であること。いいかえると、古池の句はまさに蕉風開眼の句であったということ。芭蕉にとって古池の句とはいわば柔らかな鋳型、あるいは母胎であり、主題を変奏させ、音域を広げ、調べを深めて次々に名句を生み出していった。

古池に蛙は飛びこまなかった。この問題は、古池に蛙が飛びこんだかどうかだけに留まらず、このように

一、古池の句がなぜ蕉風開眼の句といわれるか
一、蕉風とは何か
一、蕉風開眼の句である以上、古池の句はそれ以後の芭蕉の句にどう影響したか

という問題と密接不可分にかかわる。

古池の句は人々の心にしみこんでいる一句。俳句の土台であり、日本の文化の要でもある。解釈の違いはそれらのあり方を左右する。

この本は俳句総合誌『俳句研究』（富士見書房）の平成十六年（二〇〇四年）一月号から十二月号まで十二回にわたって連載した「古池の彼方へ」をまとめたものです。

『俳句研究』の石井隆司編集長、『蛙合』の漢文の跋の書き下し（第三章）をお願いした小谷喜一郎氏、美しい本にしてくださった花神社の大久保憲一社長に

感謝します。なお、引用文は、わかりやすくするため、ルビなどに手を加えたところがある。また、引用文の旧仮名が現行と異なる場合、現行の旧仮名を（　）で右側に示した。

二〇〇五年初春

長谷川　櫂

古池、その後

今年の夏のうだるような暑さに耐えながら考えたことがある。
去年、『古池に蛙は飛びこんだか』という本を出版した。

古池や蛙飛こむ水のおと　芭蕉

この句は、ふつう古池に蛙が飛びこんで水の音がしたと解釈されるけれど、そうではないのではないか。ほんとうは蛙が水に飛びこむ音を聞いて、心の中に古池が浮かんだという句。つまり、古池の句は詠まれてから三百年間、誤解されてきた名句なのである。
二つの解釈の違いは「間」があるかどうか。「古池に蛙が飛びこんで……」という従来の解釈は古池も蛙も水の音も現実のものなのに対して、「蛙が水に飛びこむ音を聞いて……」という新しい解釈では、蛙と水の音は現実のものだが、古池は心の中にある。そこで現実の「蛙飛こむ水のおと」を聞いて、心の中に古池を思い浮かべるまでに一瞬の「間」が生まれる。

今年の夏の暑さに耐えながら考えたというのは、その続き。この「間」こそ俳句にかぎらず我々の暮しのあらゆる場面で大事にされる、いわば日本文化の鍵なのだが、では、なぜこの国では「間」を大事にするのか。

その答えは日本の夏が極端に蒸し暑いということ以外にない。兼好法師は『徒然草』に「家の作りやうは、夏をむねとすべし。冬はいかなる所にも住まる。暑き比わろき住居は、堪へがたき事なり」（第五十五段）と書いた。冬はどうにでもなるが、夏を越すのは大変というのだ。これは兼好法師だけでなく、この国の人々が昔からずっと感じてきたこと。

古くからこの国にはさまざまな文化が海を越えてたどり着いた。しかし、外来文化のすべてがここに根づいたのではなく、この国の蒸し暑い夏に耐えられるものだけが生き残った。あるいは、夏を涼しく過ごすのに役立つよう改良された。

漢字も書も中国から渡来したが、中国人の書いた書は縦横の垂直線、水平線ががっしりしていて、いかにも大陸の文化という感じがする。ところが、日本人の書いた書はどうもこの垂直線、水平線があやふやで、仮名はもちろん漢字も風に舞う花びらか蝶のようにひらひらしている。

堅牢な中国の書を床の間にかけて毎日、眺めていたのでは暑苦しくてしようがない。そこでもっと日本の夏に合うよう垂直線、水平線を徐々に緩めて、風通しのいいものに作り変えていった。その果てに誕生したのが仮名だったろう。

日本の文化は万事このとおり。夏の暑さによって試され、選ばれ、改められる。衣食住や人付き合いで「間」を重んじるのも、夏を涼しく過ごすための方策だろう。物と物、人と人とが近すぎては暑苦しい。

古池の句も「古池に蛙が飛びこんで……」という「間」のない解釈では、簡単な話、暑苦しいのである。

狂言『古池蛙』

古池や蛙飛こむ水のおと　芭蕉

この夏、芭蕉の古池の句について一冊の本（『古池に蛙は飛びこんだか』花神社）をまとめた。要点をかいつまんでいうと、誰でもこの句は「古池に蛙が飛びこんで水の音がした」という意味だと思っているが、そうではなくて、「蛙が水に飛びこむ音を聞いて心の中に古池の幻が浮かんだ」という句であるということ。つまり、古池の句は詠まれてから三百年間ずっと誤解されてきた。

そう解釈すべき根拠は、これもざっとさらっておくと

一、「古池や」の「や」は切字だから、句はここで文字どおり切れる。「古池に」とは違う。

一、弟子の支考の聞き書き『葛の松原』によると、芭蕉は蛙が水に飛びこむ音を聞きながら、まず「蛙飛こむ水のおと」と詠んだ。このとき、屋内にいた芭蕉には蛙が飛びこむところは見えなかった。そのあとで「古池や」とかぶせたときも芭蕉は古池など見ていない。すなわち、古池は蛙が水に飛びこむ音を聞いて芭蕉の心に浮かんだ幻である。

一、「蛙飛こむ水のおと」はこれだけで一つのまとまった意味をなしている。そこで芭蕉はこれに「古池」を取り合わせた。この句は「古池に蛙が飛びこんで水の音がした」という一物仕立ての句ではなく、「蛙飛こむ水のおと」と「古池」の取り合わせの句とみなくてはならない。

第一、古池の句が「古池に蛙が飛びこんで水の音がした」という意味であるとすれば、何の面白いところもない。バカバカしい句だ。しかも、この句は昔から「蕉風開眼」――芭蕉が自分の句風に目覚めた重要な節目の一句とされてきた。しかし、この解釈ではこの句のどこが「蕉風開眼」なのかだけでなく、蕉風とは何かもわからない。

ところが、「蛙が水に飛びこむ音を聞いて心の中に古池の幻が浮かんだ」という句であるなら、事情は一変する。この句は蛙が水に飛びこむ音を聞いて、現実のただ中に古池という心の世界を開いた句であるということになる。現実のただ中に出現した心の世界こそが蕉風といわれるものだった。古池の句はその嚆矢となった句だから蕉風開眼の一句なのである。しかも、大事なことは心の世界を開くきっかけとなったのが、蛙が水に飛びこんだ「音」だったこと。

というのは、この蕉風開眼の句以後に詠まれた芭蕉の名句の数々はどれもある音をきっかけにして現実の中に心の世界を開く句だからだ。

閑さや岩にしみ入蟬の声　芭蕉
むざんやな甲の下のきりぎりす
京にても京なつかしやほとゝぎす

第一句では「蟬の声」という音が「閑さ」という心の世界を開き、第二句、第三句では「きりぎりす」や「ほととぎす」の声が「むざんやな」あるいは

「京なつかしや」という心の世界を開いている。

賛成するも反対するも自由。ただ、古池の句が「古池に蛙が飛びこんで水の音がした」という意味であるというのなら、では、蕉風とは何なのか、そして、古池の句のいったいどこが蕉風開眼なのか（いいかえると、これ以後の句とどうかかわるのか）――この二つの問題も明らかにしてもらわなければならない。

実は我が家にはいつからか蛙大明神が鎮座しておられて、この本を書き上げることができたのも一重に大明神のご加護あってのこと。ここは狂言一曲を奉納して蛙大明神の御心をお慰めしたい。

古池蛙

古池屋不買

――何某の屋敷。太郎冠者、主登場。

太郎冠者　これはこのお大尽に仕へる太郎と申す者にてござる。それがしが主何某は大の俳諧好きにて、十二日の芭蕉翁のご命日には毎月欠かさず深川の蛙大明神にお参りなさる。それは殊勝なることにてござれども、必ずそれがしをお供に召さる。これもまたありがたきことにてござれども、ひとつ困つたことがござる。

主　やいやい、太郎冠者、をるかやい。

太郎　ハアーッ。

主　ゐたか。

太郎　お前にをりまする。

主　念なう早かつた。汝を呼び出すは別なることではない。今日は弥生十二日、芭蕉翁のご命日ぢやによつて例のごとく蛙大明神へ参らうと思ふが何とあらうぞ。

太郎　それは一段とようござりませう。

主　それならばいつものとほり、供には汝を連るるほどに、さう心得い。

太郎　それはありがたうござる。

主　さて、それにつき、汝にはまた大役を申しつくるによつて、装束怠りなきやうにせよ。

太郎　装束と仰せらるるは例の蛙の装束にてござるか。

主　なかなか。

太郎　いや、さりながら、この大役は……。

主　この大役は汝でなければ務まらぬ。先月の飛びこみぶり、すこぶるみごとであつたぞ。かの北島康介も顔負けぢや。あのざぶんといふ音を聞こしめさば蛙大明神もお喜び。それがしの俳諧の精進もいよいよ進まうといふもの。今日も心して飛びこめよ。

太郎　あのどぶ池に。

主　これこれ、どぶ池などと罰当たりなことを申すでない。古池ちや。

太郎　はあ。

主　よいな。

太郎　まだ水が冷たうござる。

主　いやいや、もう弥生も半ば、水も温んできた。また風邪をひくこともあるまい。しかと頼んだぞ。

太郎　か、かしこまつてござる。

――深川の蛙大明神境内。太郎冠者、蛙の装束に着替へて現る。

太郎　さてさて、嘆かはしや。どぶ池やら古池やら知らぬが、このままではまたこの池に飛びこむはめになる。先月は風邪を引いてしまうた。いやはや、ぶるぶる、ぶるぶる。そもそも何でそれがしが蛙の役などせねばならぬのか。主の俳諧好きにもほとほ

主　と困り申した。何かよい手立てはないものか。そうぢや、よき考へが浮かび申した。これなら、池に飛びこまいですむやも知れぬ。

太郎　お前に。

主　やいやい、太郎冠者。

太郎　ゐたか。おお、本日の蛙ぶり、なかなかぢや。早うざぶんと飛びこむ音が聞きたい。その石の上から、早速、飛びこんでみよ。

主　そのことでござる。

太郎　そのことぢや。

主　今ほど蛙大明神にお参り申しましたところ、お告げがございました。

太郎　何ぢや、そのお告げとは。

主　そのことでござる。かしこまつてお聞きなされ。

主　主にかしこまれとな。

太郎　さやう。それがしを太郎と思し召さるな。ここにあらせらるるは蛙大明神にござる。

主　ならば致し方ない。かしこまつた、かしこまつた。早う申せ。

太郎　かしこまられましたか、かしこまられましたな。ならば、蛙大明神のお告げを申し上げまする。ようく、お聞きなされ。トノサマガヘル、アマガヘル、モリアオガヘル、アカガヘル。

主　何ぢや、それは。

太郎　祝詞にござりまする。

主　ずいぶん、妙な祝詞ぢや。それより、お告げを早う申せ。

太郎　トノサマガヘル、アマガヘル、モリアオガヘル、アカガヘル。大明神の仰せらるるには、古池は……。

主　古池は……。

太郎　古池は汝が心の中にあり。
主　何ぢやと。もう一遍申してみよ。
太郎　トノサマガヘル、アマガヘル。
主　祝詞はもうよい。
太郎　古池は汝が心の中にあり。
主　汝が心の中に……ぢやと。
太郎　さうぢや。汝が心の中に。
主　それがしが心の中に。
太郎　さやう。汝が心の中に。
主　して、そのわけは。
太郎　蛙大明神はわけなど仰せられませぬ。
主　わけは仰せられぬとな。
太郎　なかなか。

主　これは困つた。これでは蛙は古池に飛びこめぬではないか。
太郎　いや、ご安心めされませ。蛙は飛びこめまする。
主　これは如何なこと。心の中の古池に飛びこめると申すか。
——太郎冠者、主に向かつて水泳の飛びこみの体勢をとる。
主　さう寄つて参るな。
太郎　トノサマガヘル、アマガヘル、ヒツクリカヘル、ハネカヘル。
主　これこれ、押すな。
太郎　フンゾリカヘル、マチガヘル、デングリカヘル、ノリカヘル。
主　これ、池に落つるではないか。
太郎　やるまいぞ、やるまいぞ。やるまいぞ、やるまいぞ。
——太郎冠者、逃げまはる主を追つて退場。

狂言『雛盗人』

第一場

——ときは春、新学期がはじまつたばかりの某大学の門前。太郎冠者、何やら独り言をつぶやきながら登場。

太郎冠者　どうも解せぬ。どう考へてもだめぢや。さてさて、これはこの大学の文学部の学生にて太郎と申す者にてござる。新学期もはじまつたばかりといふに、ここ数日、あれこれ考へあぐねてをるのは、ほかでもない。某教授の『おくのほそ道』の講義のことにてござる。これがどう考へても解せませぬ。やや、向こうから来るのは次郎冠者ではないか。これは丁度よい。一つ、意見を聞いてみるとせん。やいやい、次郎冠者、ちよいとこつちへ来い。

次郎冠者　おうおう、太郎冠者ではないか。こんなところで何をぐづぐづいたしてをる。『おくのほそ道』の講義がもうはじまるではないか。

太　郎　そのことでござる。そなたも先週の講義に出てをつたな。

次　郎　おう、出てをつた。それがどうかしたか。

太　郎　どうかしたかではない。先生の話を聞いて不思議とは思はなんだか。

次　郎　さて、不思議とは。一体、何が不思議なのでござるか。

太　郎　『おくのほそ道』のいちばんはじめのところぢや。

次　郎　ああ、ああ。「月日は百代の過客にして、行かふ年も又旅人也。舟の上に生涯をうかべ……」。

太　郎　いや、そこではない。もちよつと先、芭蕉が芭蕉庵を去るところぢや。

――太郎冠者、風呂敷包みの中から一冊の本を取り出す。

太　郎　ここぢや。ここにかうある。「道祖神のまねきにあひて取もの手につかず、もゝ引の破をつゞり、笠の緒付かえ(へ)て、三里に灸すゆるより、松島の月先心にかゝりて、住る方は人に譲り、杉風が別墅に移るに、〈草の戸も住替る代ぞひなの家〉面八句を庵の柱に懸置」。

次　郎　たしかに、さうある。それがどうしたのぢや。

太　郎　それがどうしたではない。ここのところを先生はどう解釈なされた。

次郎　たしか、「道祖神のまねきにあひて取もの手につかず、もゝ引の破をつゞり……」。

太郎　そこはよい。

次郎　では、「笠の緒付かえて、三里に灸すゆるより、松島の月先心にかゝりて……」。

太郎　いやいや、もつとさきぢや。

次郎　それなら、「住る方は人に譲り、杉風が別墅に移るに、〈草の戸も住替る代ぞひなの家〉面八句を庵の柱に懸置」。

太郎　そこぢや。どう解釈なされた。

次郎　たしか、今まで住んでゐた芭蕉庵を人に譲り、弟子の杉風の別邸に移つたあと、芭蕉庵をのぞいて、そこに飾られてをるお雛様を見て、〈草の戸も住替る代ぞひなの家〉と詠むと、この句を発句にした百韻の表八句を芭蕉庵の柱に掛けた。さう申された。

太　郎　たしかに。よく覚えてをるな。して、その句の意味は。

次　郎　句の意味は、芭蕉庵も住む人が替はつた。新しい住人にはご内儀も娘御もあるによつて……。

太　郎　あるによつて……。

次　郎　あるによつて、雛祭も近づいてきたれば、お雛様が飾られ、えーつと、すつかりお雛様のお家になつてしもうた。たしかに、さう申された。

太　郎　不思議と思はぬか。

次　郎　何が不思議でござる。

太　郎　だから、そこぢや。拙者がもう一遍、その現代語訳を申すによつて、そのとほりにやつてみられよ。

次　郎　さてさて、そんなことをしてをつては講義に遅刻してしまふ。

太郎　よいから、申すとほりにやつてみよ。

次郎　やれやれ。やりまする、やりまする。さあ、かしこまつた。

——太郎冠者がゆつくりと唱へる現代語訳に合はせて、次郎冠者が演技する。

太郎　今まで住んでゐた芭蕉庵を人に譲り
弟子の杉風の別邸に移つたあと
芭蕉庵をのぞいて、そこに飾られてをるお雛様を見て、

次郎　（歌ふやうに）桃の垣根を掻き分けて。

——次郎冠者、怪訝な表情。

太郎　〈草の戸も住替る代ぞひなの家〉と詠むと、
この句を発句にした百韻の表八句を芭蕉庵の柱に掛けた。

次郎　（歌ふやうに）抜き足、差し足、忍び足。

——次郎冠者、いよいよ怪訝な表情。

太郎　どうぢや、不思議であらう。

次郎　いやはや、不思議でござる。芭蕉庵は妻子あるお方に譲つたといふに、その家の中を覗き見するとは、まるでストーカー。

太郎　たしかに。

次郎　しかも、その家に忍びこみ、お雛様の飾つてある座敷の柱に表八句を掛けて帰るなど、住居侵入。これでは芭蕉は雛盗人。

太郎　そのとほりぢや。

次郎　今日までとんと気がつかなんだ。先生は何でかかる解釈をされたやら。

太郎　そこが知りたい。そもそも、考へてみるに、先生は芭蕉がお雛様を見て、この句を詠んだとされるから話がややこしくなる。この句は芭蕉が芭蕉庵を去るときに、お雛様などまだ見ぬうちに詠んだとせねばならぬのではあるまいか。

次郎　すると、どうなる。

太郎　これから申すから、そのとほりにやつてみよ。よいか。

——太郎冠者の朗唱に合はせて、次郎冠者、ふたたび演技する。

太郎　芭蕉庵を人に譲り、

弟子の杉風の別邸に移るに当たつて、

新しい住人にはご内儀も娘御もあるによつて、雛祭ともなれば、

お雛様のお家になるであらうと、

心の中に思ひ描いて、

〈草の戸も住替る代ぞひなの家〉と詠むと、

この句を発句にした百韻の表八句を、

芭蕉庵への別れの印に座敷の柱に掛けた。

次郎　おう、これならよい。ストーカーにならないでもすむ。

太郎　住居侵入もせいでよい。

次郎　このことに先生は気がついてをられるやら。

太郎　そこぢや。迂闊に尋ねては、あの気難しい先生のこと、かへつてしかられてしまふ。

次郎　ことによつては単位をくれぬかもしれぬ。

太郎　次郎冠者、拙者によき企てがござる。ちと、耳を貸されよ。ひそひそ、ひそひそ。

——太郎冠者の耳打ちに、次郎冠者、いちいち頷く。

第二場

——某大学の大教室。某教授の講義の最中。人気の講座だけあって五百人の学生がつめかけ、教室の中はぎつしり。そこへ太郎冠者と次郎冠者が入つてくる。

太郎次郎　こそこそ、こそこそ。

教授　しばし、そこの二人、新学期がはじまつたばかりといふに、はや遅刻とは無礼千万。

太郎次郎　ハアーッ。

——太郎冠者と次郎冠者、教壇の前に進み出る。

教授　二人とも何をしてをつたのぢや。

次郎　実は先生の講義のことで喧嘩をしてをりました。

教授　何と。この講義のことで喧嘩。

太郎　はい、喧嘩になりました。

教授　それは、どういふわけぢや。

次郎　『おくのほそ道』のはじめのところについて、先週、先生の講義されたこと、この太郎冠者めが間違つてをると申すのでござる。

教授　何と、間違つてをるとな。それは一体どこぢや。

太郎　いや、それは「住る方は人に譲り、杉風が別墅に移るに、〈草の戸も住替る代ぞひなの家〉面八句を庵の柱に懸置」。ここのことでござる。

教授　そこのどこがどう間違つてをるといふのぢや、太郎冠者。申してみよ。

太郎　さてさて、そのわけをここでいちいち申し上げるより、実際に先生にやつていただくのが早道。

教授　やつていただくとな。

太郎　さやうにござりまする。これより、私めが先生が先週、講釈された現代語訳を申し上げますれば、教壇の上でそのとほりにやつてみてはいただけませぬか。

教授　わしがか。

太郎　さやうにござりまする。

教授　この教壇の上でか。

太郎　さやうにござりまする。

教授　えへん、では、よかろう。申してみよ。

——太郎冠者、現代語訳を唱へはじめる。教授、それに合はせて演技をはじめる。演技しながら次第に怪訝な、そして、怒りの表情に変はってゆく。

太郎　今まで住んでゐた芭蕉庵を人に譲り、弟子の杉風の別邸に移つたあと、芭蕉庵をのぞいて、そこに飾られてゐるお雛様を見て、

教授　(歌ふやうに)桃の垣根を掻き分けて。

次郎　ここにはご内儀も娘御もをられるといふに、これは明らかなストーカー行為。

太　郎　〈草の戸も住替る代ぞひなの家〉と詠むと、この句を発句にした百韻の表八句を芭蕉庵の柱に掛けた。
教　授　（歌ふやうに）抜き足、差し足、忍び足。
次　郎　（茶化すやうに）抜き足、差し足、忍び足。ハッハッハ、先生、住居侵入の現行犯でござる。
太　郎　ごらんのとほり、先生の解釈では芭蕉はまるで雛盗人。
教　授　もうよい。本日の講義はこれまで。
太郎次郎　やるまいぞ、やるまいぞ。やるまいぞ、やるまいぞ。
——太郎冠者と次郎冠者、教壇を降りて立ち去らんとする教授を追ひかけて退場。

中公文庫版に寄せて

『古池に蛙は飛びこんだか』が中公文庫の一冊に加えられることになった。「俳句研究」に連載したのが二〇〇四年、花神社から単行本として出版されたのが二〇〇五年であるから、かれこれ八、九年ぶりのことになる。文庫になることによって、新しい読者と出会えるのは何よりうれしいことである。

文庫版にするにあたって、その後、書いた三篇の文章が入ることになった。初出を記しておきたい。

古池、その後　「潮」（潮出版社）二〇〇六年十月号
狂言『古池蛙』　「國文学」（学燈社）二〇〇五年九月号
狂言『雛盗人』　未発表

川本三郎さんは『古池に蛙は飛びこんだか』が初めて本になったとき、いちはやく、つまり海のものとも山のものとも知れないうちに評価してくださった。その感激がいまだ冷めないものだから文庫本の解説をお願いした。

『俳句の宇宙』にひきつづき、文庫化を快諾していただいた花神社の大久保憲一社長、装丁家の間村俊一さん、中央公論新社の松本佳代子さんにお礼を申しあげたい。

二〇一三年八月

長谷川　櫂

解説

川本三郎

目がさめるようなみごとな評論である。

評論の真髄は、これまで誰も言わなかったことを、誰もが普通に使っている平明な言葉で語ることにある。

本書はまさに目からウロコが落ちてゆくあざやかな、画期的な評論である。芭蕉の、誰もが知っている名句を、誰も語らなかった、誰も気がつかなかった視点で読みこんでゆく。読者は不意打を食らったような驚きと共に、蒙を啓かれる。教えられる。そして深く納得させられる。

長谷川櫂さんはこれまでの常識やものの見方にとらわれず、自由にまっすぐに芭蕉の句に向き合い、その句の本質、隠れた魅力をつかみとる。斬新で大胆な発想はまるで神の啓示を受けたかのようだ。

古池や蛙飛びこむ水のおと

あまりにも有名な芭蕉の句であり、有名であるがゆえに誰もがこの句を深く考えることをしなかった。古い池があり、そこに蛙が飛びこんだ音がした。そう簡単に解釈して、それで終りだった。それ以上に深く、この句を考えようとしなかった。

正岡子規も高浜虚子も、古池に蛙が飛びこんだので音がしたと解釈した。それが通説として一般化した。誰も、それ以外のことを考えようとしなかった。

しかし、ここで長谷川櫂さんは立ちどまった。貞享三年（一六八六）、ちょうど「おくのほそ道」の旅に出る三年前、芭蕉が深川で詠んだというこの句は、「蕉風開眼」となった重要なもの。それを、ただ、古池に蛙が飛びこんだので音がしたと文字面どおりに簡単に解釈していいのか。

長谷川櫂さんはすでに三十七歳の時の評論『俳句の宇宙』（花神社、一九八九年／中公文庫、二〇一三年）でこの句の持つ深さに気づいた。

決して子規や虚子が言うように、どこかに古池があり、そこに蛙が飛びこんだので音がした、と詠んでいるのではない。芭蕉はもっと他のことを言いたかった。それは何か。

そのことを考え続けてきた長谷川櫂さんはまさに大発見と言って大仰ではない啓示を受けるのだが、手がかりになったのは、芭蕉の弟子、各務支考(かがみしこう)の著した『葛(くず)の松原』という書だった。そこには、古池の句がどういう過程を経て作られたかが記されていた。

支考によれば、芭蕉はまず蛙が水に飛びこむ音を聞きながら「蛙飛びこむ水のおと」と作った。中下が先きに出来た。上五をどうするか。その席にいた弟子の其角は、『古今集』以来、蛙の声といえば山吹を持ってくるのがきまりだから、蛙の声ならぬ蛙の水に飛びこむ音に山吹を付ければ、そのズレが和歌の因襲に対する批判になるからと、上五を「山吹や」にしたらどうかとすすめた。

しかし、因襲に対してあらわに批判するのをよしとしなかった芭蕉は、其角の「山吹や」を取らず、「古池や」と置いた。

長谷川櫂さんは支考『葛の松原』に書かれた、古池の句のこの創作過程を読んで、まさに啓示を受ける。「古池や」の上五があって「蛙飛びこむ水のおと」が付けられたのではない。順序は逆。中下が先きに出来、そのあとしばらく考えて上五の「古池や」を得た。

とすれば「古池や」の上五が重要になる。そこで浮かび上がってくるのは「古池や」の切字の「や」。『俳句の宇宙』を書いた時には、長谷川櫂さんはまだ俳句における切字の重要さに気づいていなかった。

しかし、弟子の向井去来が書いた『去来抄』によれば、芭蕉は高弟の去来と丈草に、切字は昔からの秘伝であるからやたらに人に語ってはならないと口止めしたうえで、切字のことを細かく教えたという。

それほど大事な切字とは何か。決して省略のことではない。虚子は「や」を省略の切字としか考えなかったから「古池や」を「古池がありますぞよ、古池ですよ、其古池に」の意味が省略されていると解した。

長谷川櫂さんは切字の意味を省略とは別に考える。ここが本書の圧巻なのだが、切字とは、そこで文章を切ることによって「間（ま）」を作ることに意味があるという。「間」は空間であり、沈黙であり、広がりである。言葉がなくなることによって逆にその広がりのなかに、心のなかに浮かぶ言葉が、風景が、さらには宇宙がたちあらわれる。現実次元の先きに想像の次元が広がってくる。
長谷川櫂さんの別の著書『俳句的生活』(中公新書、二〇〇四年)に、切字についてのみごとな論考がある。

「句を切る」ことによって生み出されるこの間こそ、短い俳句が文章や詩に匹敵し、あるいはそれ以上の内容を伝えることを可能にしている。間とは言葉の絶え間。すなわち沈黙。俳句は言葉を費やすのではなく言葉を切って間という沈黙を生みだすことによって心のうちを相手に伝えようとする。

「や」「かな」「けり」の切字の使用、それによって生まれる間、間のなかに広がってゆく心の世界。これこそが俳句の真骨頂だと長谷川櫂さんは気づく。
その考えで古池の句をもう一度読むと、通常言われている解釈とは違う、思いもかけない風景が広がってくる。

「古池や」でまず切る。間が生まれる。そして「蛙飛びこむ水のおと」と続く。間を大事にして読めばこの句は、一般に言われている「古池に蛙が飛びこむ水の音が聞こえる」ではなく、「どこからともなく聞こえてくる蛙が飛びこむ水の音を聞いているうちに心の中に古池の面影が浮かび上がった」といっているのが分かる。

まさに大発見である。それも決して奇をてらっているわけではない。切字という俳句本来の特色を踏まえている。切字と間を考えれば、古池を現実の古池ではなく、むしろ想像の、心の中の古池と解したほうがはるかに自然である。

現実の池から心のなかの池へ。現代風にいえば、芭蕉はこの句を得たことによって、従来のリアリズムの世界に、想像の世界を持ちこんだ。句のスケールがいちだんと大きくなった。「蕉風開眼」とはまさにこのことだった。おそらく芭蕉自身さえ、言葉ではうまく説明できなかった新境地を、長谷川櫂さんは切字を手がかりに鮮やかに説明してみせる。

日常の周囲にある自然、身近雑記的なこぢんまりとした風景。芭蕉はその次元をここで確かに越えた。

子規や虚子が、「古池や」の句を理解しえなかったのも、彼らがリアリズムに固執し、実在するものにしか関心を持たなかったからだ。芭蕉は違った。蛙が水に飛びこむ音を聞いて、そしてしばし間があって、芭蕉の心のなかにどこかにある、あるべき古池の姿が浮かんだ。「さて、このとき、芭蕉は座禅を組む人が肩に警策（きょうさく）を受けてはっと眠気が覚めるように、蛙が飛びこむ水の音を聞いて心の世界を呼び覚まされた」「この心の世界が開けたこと、これこそが『蕉風開眼』といわれるものの実体ではなかったろうか」。長谷川櫂さん自身が古池の句に「開眼」している。その知的興奮が確実に、熱く、読者に伝わってくる。実際、近年、これほど心ゆさぶられた評論はない。読者もまた長谷川櫂さんと同様に「蕉風開眼」の現場を目の当たりにする興奮を禁じ得ない。

ここまでくれば、古池の句を得た三年後の元禄二年の三月に、芭蕉が歌枕の多いみちのくへと旅立ったのもよく理解出来る。「蕉風開眼」で新しい境地を開いた芭蕉は、みちのくを旅することで、「古池や」の句の流れにつながる句を作りたかったのだ。心のなかの世界を広げたかったのだ。

長谷川櫂さんは、『おくのほそ道』には、古池やの句と同じ構造、型を持つ句が多いことを指摘してゆく。

たとえば、現在の山形市に近い立石寺（通称、山寺）で詠んだ、これも有名な句――、

閑さや岩にしみ入る蟬の声

この句は普通、「閑さの中で岩にしみ入るような声で蟬が鳴いている」と解釈される。しかし、長谷川櫂さんはここでも「古池や」の句と同じように「閑さや」の「や」の切字に注目する。「閑さや」のあとに、まさに全山静まりかえったような静寂がある。芭蕉はこの静寂こそを詠みたかった。

芭蕉は夏の日の午後、炎天にそびえる岩山に登って山上でしばし休んだ。あたりでは蟬が岩にしみ入るような声で鳴いている。耳を澄ますと、蟬の

声の彼方に夏の天地の大いなる静寂が広がっていた。それは芭蕉のいる岩山をとり巻く宇宙の静寂そのものだった。この大いなる天地の静寂こそがこの句の「閑さ」だろう。

これもまた、これまでほとんど誰も語らなかった新しい、みごとな解釈である。いや、解釈というより、ここではもう長谷川櫂さんは芭蕉と一体化しているかのようだ。

現実の世界を題材にしながら、切字の効果によって現実の向こうに、別の世界を見るようになる。十七字の小さな世界に大きな宇宙が入ってくる。まさに俳句の宇宙である。

カメラに喩えれば、山寺の山上の岩をとらえていたカメラが一気に遠くを、彼方を、大俯瞰する。現実の向うに彼岸の世界が見えてくる。

芭蕉の句は旅の過程で、いよいよスケールが大きくなる。周囲の身近な風景の向うに大きな宇宙が広がってゆく。

暑き日を海に入れたり最上川

荒海や佐渡によこたふ天河

「天地の静寂をとらえた大柄な句」が次々に生まれてゆく。「蕉風開眼」の意味は大きい。それは、辞世の句、あの深々とした、彼岸へ通じる静寂にみたされた「旅に病で夢は枯野をかけ廻る」にまでつながることは言うまでもない。

（評論家、二〇一三年八月）

芭蕉関係年譜（年齢は満）

西暦	和暦	国内外のできごと		
1637	寛永14	10月、島原の乱起こる。翌年2月、鎮圧。		
1639	寛永16	7月、ポルトガル船の来航禁止。		
1642	寛永19	諸国大飢饉。		
1644	寛永21▼正保1	12月、改元。	0歳	伊賀上野赤坂町の松尾与左衛門の次男に生まれる。
1648	正保5▼慶安1	2月、改元。6月、江戸大地震。		
1649	慶安2	ピューリタン革命（イギリス）。		
1651	慶安4	4月、徳川家光死去。8月、徳川家綱が第四代将軍に。		
1653	承応2	11月、貞徳（一五七一—　）死去。近松門左衛門（—一七二四）生まれる。	9歳	
1654	承応3	6月、玉川上水完成。隅田川で舟遊び流行。	10歳	
1657	明暦3	1月、明暦の大火（振袖火事）。	13歳	

14歳	去来一家、長崎から京へ移住。	1658	明暦4▼万治1	7月、改元。
15歳		1659	万治2	12月、両国橋完成。本所、深川、鉄砲州が埋め立てられる。
17歳		1661	万治3▼寛文1	4月、改元。ルイ14世親政（フランス）。
貞門時代				
20歳	貞門俳諧選集『佐夜中山集』（重頼撰）に主君の蟬吟（藤堂良忠）とともに二句入集。	1664	寛文4	明、滅亡（中国）。
21歳	蟬吟が主催した貞徳十三回忌追善百韻に参加。	1665	寛文5	
22歳		1666	寛文6	4月、蟬吟、25歳で死去。11月、上野東叡山に「時の鐘」の鐘楼完成。
24歳		1668	寛文8	上野東叡山や浅草寺の花見盛んになる。
28歳	春、『貝おほひ』を伊賀上野の天満宮に奉納。江戸に下る（東下）。尾形仂説は延宝3年（一六七五）春とする。	1672	寛文12	
29歳		1673	寛文13▼延宝1	9月、改元。8月、呉服商越後屋が日本橋本町に開店。

30歳	春、季吟から『誹諧埋木』を伝授される。	1674	延宝2	11月、日本橋南本材木町に魚河岸（魚市場）開設。
談林時代				
31歳	5月、宗因歓迎の百韻に参加。	1675	延宝3	
33歳	俳諧宗匠として立机。このころから日本橋本小田原町に居住。	1677	延宝5	
35歳	春、素堂、不忍池畔に隠栖。	1679	延宝7	2月、振売商人を制限し新規の振売を禁止。
36歳	『桃青門弟独吟二十歌仙』刊行。秋、「枯枝に」の句を詠む。冬、深川に居を移し（深川退隠）、泊船堂と号する。仏頂和尚に参禅。	1680	延宝8	4月、西鶴、四千句の大矢数を成就し、四千翁と称する。5月、徳川家綱死去。8月、徳川綱吉、第五代将軍となる。
37歳	芭蕉と号する。	1681	延宝9▼天和1	9月、改元。
38歳	12月、八百屋お七火事、深川芭蕉庵焼失。	1682	天和2	3月、宗因（一六〇五―　）死去。
39歳	6月『みなしぐり』（虚栗）（其角撰）刊行。冬、芭蕉庵再建。	1683	天和3	
40歳	8月『野ざらし紀行』の旅へ出発。	1684	天和4▼貞享1	2月、改元。夏、西鶴、二万三千五百句の大矢数を成就し、二万翁と称する。10月、貞享暦に改暦。

41歳	『冬の日』（荷兮編）刊行。	1685	貞享2	
蕉風時代				
42歳	3月末、古池の句を詠む。閏3月『蛙合』（仙化編）刊行。8月『春の日』（荷兮編）刊行。	1686	貞享3	
43歳	8月『鹿島詣』の旅。10月『笈の小文』の旅へ出発。11月『続虚栗』（其角撰）刊行。	1687	貞享4	1月、生類憐みの令。3月、鳥や亀の飼育、魚の生簀禁止。7月、虫売禁止。
44歳	『笈の小文』の旅続く。8月、『更科紀行』の旅。8月下旬、江戸に帰る。	1688	貞享5▼元禄1	9月、改元。名誉革命（イギリス）
45歳	3月『あら野』（曠野）（荷兮編）刊行。『おくのほそ道』の旅に出発。8月、大垣到着。12月、季吟と長男湖春、幕府歌学方となり、江戸へ下る。	1689	元禄2	
46歳	4月、近江膳所の幻住庵に入る。8月『幻住庵記』成る。『ひさご』（珍碩編）刊行。9月、堅田にて「病雁の」「海士の屋は」の句を詠む。	1690	元禄3	

47歳	4月、洛西嵯峨の落柿舎に滞在。『嵯峨日記』成る。7月、『猿蓑』（去来、凡兆撰）刊行。9月、凡兆が離反。10月、江戸に帰る。	1691	元禄4	
48歳	支考『葛の松原』刊行。	1692	元禄5	
49歳	年末、凡兆下獄（翌年初めの説も）。	1693	元禄6	4月、江戸で「ソロリコロリ」という病気が流行。8月、井原西鶴（一六四二—）死去。12月、隅田川の新大橋完成。
50歳	5月、最後の旅へ出発。『別座鋪』（子珊撰）刊行。6月、寿貞尼没。『すみだはら』（炭俵）（野坡、利牛、孤屋撰）刊行。10月12日、大坂にて客死。遺体は舟で淀川を上り、近江膳所の義仲寺に葬られた。	1694	元禄7	2月、中山安兵衛、高田馬場の仇討ち。
没後				
	5月『続猿蓑』（沾圃、芭蕉撰、支考補撰）刊行。	1698	元禄11	
	4月までに凡兆出獄。	1701	元禄14	3月、松の廊下事件。

初句索引

同音の初句が複数の場合は、中七までを掲げた。表記が異なるものも適宜記す

あ行

か行

さ行

た行

な行

は行

人名索引

た行

な行

は行

『古池に蛙は飛びこんだか』　花神社、二〇〇五年

本文組　細野綾子

中公文庫

古池に蛙は飛びこんだか

2013年 9 月25日　初版発行
2021年 2 月28日　再版発行

著　者　長谷川 櫂

発行者　松田陽三

発行所　中央公論新社
〒100-8152　東京都千代田区大手町1-7-1
電話　販売 03-5299-1730　編集 03-5299-1890
URL http://www.chuko.co.jp/

ＤＴＰ　嵐下英治
印　刷　三晃印刷
製　本　小泉製本

Published by CHUOKORON-SHINSHA, INC.
Printed in Japan　ISBN978-4-12-205837-8 C1192

中公文庫既刊より

各書目の下段の数字はＩＳＢＮコードです。978－4－12が省略してあります。

は-65-1
俳句の宇宙
長谷川櫂
十七文字という短い言葉以前に成立する「場」に注目した、現代俳句を考える上で欠くことができない記念碑的著作。サントリー学芸賞受賞。〈解説〉三浦雅士
205814-9

た-30-28
文章読本
谷崎潤一郎
正しく文学作品を鑑賞し、美しい文章を書こうと願うすべての人の必読書。文章入門としてだけでなく文豪の豊かな経験談でもある。〈解説〉吉行淳之介
202535-6

ま-17-9
文章読本
丸谷才一
当代の最適任者が多彩な名文を実例に引きながら文章の本質を明かし、作文のコツを具体的に説く。最も正統的で実際的な文章読本。〈解説〉大野　晋
202466-3

み-9-15
文章読本　新装版
三島由紀夫
あらゆる様式の文章・技巧の面白さ美しさを、該博な知識と豊富な実例と実作の経験から詳細に解明した万人必読の書。人名・作品名索引付。〈解説〉野口武彦
206860-5

み-9-11
小説読本
三島由紀夫
作家を志す人々のために「小説とは何か」を解き明かし、自ら実践する小説作法を披瀝する、三島由紀夫による小説指南の書。〈解説〉平野啓一郎
206302-0

み-9-12
古典文学読本
三島由紀夫
「日本文学小史」をはじめ、独自の美意識によって古今集や能、葉隠まで古典の魅力を綴った秀抜なエッセイを初集成。文庫オリジナル。〈解説〉富岡幸一郎
206323-5

し-6-67
司馬遼太郎
歴史のなかの邂逅7
正岡子規～秋山好古・真之
司馬遼太郎
傑作『坂の上の雲』に描かれた正岡子規、秋山兄弟をはじめ、日本の前途を信じた明治期の若者たちの、底ぬけの明るさと痛々しさと――。人物エッセイ二十二篇。
205455-4